Meine Zeitgenossen in der Literatur

David Christie Murray

Writat

Diese Ausgabe erschien im Jahr 2024

ISBN: 9789359940793

Herausgegeben von
Writat
E-Mail: info@writat.com

Inhalt

EINLEITEND

Als diese Essays ursprünglich gedruckt wurden (sie erschienen gleichzeitig in vielen Zeitungen), erwartete ich, mir einige Feinde zu machen. Bisher wurde ich in dieser Hinsicht aufs angenehmste enttäuscht; aber ich kann versichern, dass sie mir viele Freunde gemacht haben und dass ich von meinen Kollegen, von professionellen Kritikern und von Gelegenheitslesern zu Hause, in den Kolonien und in den Vereinigten Staaten genug Ermutigung erhalten habe, um dem furchtsamsten Mann, der je eine Feder in der Hand hielt, Mut zu machen. Als Gegengewicht zu all dem habe ich einen sehr edlen und würdevollen Tadel von einem Zeitgenossen der Belletristik erhalten, den die Welt hoch schätzt. Er bedauert , dass ich mich nicht mit kreativer Arbeit beschäftige – stattdessen – und plädiert dafür, dass „der Autorschaft die Auszeichnung einer Befreiung von Rang und Titel zugestanden werden sollte". Mit aufrichtigem Respekt wage ich zu behaupten, dass dies ein unmögliches Ziel ist, und trotz der erhabenen Billigung, die der Name des Autors seiner Meinung verleihen muss, konnte ich den Glauben nicht aufgeben, dass die auf diesen Seiten geleistete Arbeit gleichermaßen ehrenhaft und nützlich ist. Es handelt sich, wie man sehen wird, um einen Kreuzzug gegen Überheblichkeit und Hysterie. Es ist nicht dazu gedacht, die Belehrten zu belehren, und es erhebt keinen Anspruch auf Unfehlbarkeit, aber es wird in seiner vorliegenden Form in der Überzeugung herausgegeben, dass es dem Durchschnittsleser (in gewissem Maße) dabei helfen wird, sich eine gerechte Meinung über zeitgenössische Kunst zu bilden, und in der Hoffnung, dass es (in gewissem Maße) gewissen interessierten oder überenthusiastischen Leuten eine Schranke auferlegen kann.

I.
ZUERST DIE KRITIK UND DANN EIN WORT ZU DICKENS

Die Kritiker von heute leiden an einer Art Epidemie der Güte. Sie haben sich daran gewöhnt, Lob in unermesslichen Dosen zu verabreichen. Sie sind, insgesamt betrachtet, keine Kritiker mehr, sondern bloß professionelle Bewunderer. Sie sind für die Öffentlichkeit nicht mehr nützlich und werden für die Interessen der Literatur gefährlich. In ihren überfreundlichen Augen ist jeder gewissenhafte Lehrling in der Kunst der Belletristik ein Meister, und hysterische Schulmädchen, die ihren kurzen Tag damit verbracht haben, sich Unwissenheit anzueignen, werden rezensiert, als wären sie Elizabeth Barrett Brownings oder George Eliots. Eines der merkwürdigsten und lehrreichsten Dinge in dieser Hinsicht ist die Verwendung, die der moderne Kritiker von Sir Walter Scott macht. Sir Walter wird als eine Art erster Maßstab für den Anwärter in der Kunst der Belletristik aufgestellt, um sich hervorzutun. Stellen wir die Frage mit so viel Ernsthaftigkeit wie möglich: Was *nützt* ein Kritiker, der uns ernsthaft versichert, dass Mr. SR Crockett „mit Sir Walter konkurriert, wenn nicht ihn sogar übertroffen hat"? Diese Behauptung ist natürlich höchst beklagenswert und lächerlich absurd, aber sie wird mehr als einmal, zwei- oder dreimal aufgestellt, zitiert und bekannt gemacht. Es ist nicht Mr. Crocketts Schuld, dass er sich auf diese lächerliche Anhöhe gesetzt hat, und sein Name wird hier nicht ohne die geringste Bosheit erwähnt. Er hat seine Leidensgenossen. Andere Herren, die „mit Sir Walter konkurriert, wenn nicht sogar ihn übertroffen" haben, sind Dr. Conan Doyle, Mr. JM Barrie, Mr. Ian Maclaren und Mr. Stanley Weyman. Kein Mensch, dessen Urteilsvermögen auch nur den geringsten Wert hat, kann die Schriften dieser versierten Arbeiter ohne Respekt und Vergnügen lesen. Aber die Tatsache, dass sie mit Sir Walter konkurrieren, ist ebenso wenig wahr wie die Tatsache, dass sie zwölf Fuß groß sind oder dass einer von ihnen in seinem eigenen Innern die ungeheuerliche Behauptung des Rezensenten glaubt. Der große Leidtragende dieser Verrücktheit, Männer von mittlerem Rang neben Scott zu stellen, ist unser schöner und geliebter Stevenson, der, wenn er nicht von einer vernünftigen Hand gerettet wird, wahrscheinlich unter törichten und maßlosen Lobpreisungen begraben werden wird.

Es wäre leicht, Seiten mit der Bestätigung der hier erhobenen Behauptung zu füllen. Bücher der letzten sechs Jahre oder so, die bereits die Vergänglichkeit ihrer eigenen Behauptung bewiesen haben, wurden mit Beifall aufgenommen, der übertrieben wäre, wenn man ihn auf einige unserer anerkannten Klassiker anwenden würde. Die kritische Aussage, dass „Eric Bright-eyes" von keinem anderen Engländer der letzten sechshundert Jahre als Mr. Rider Haggard geschrieben worden sein kann, verdient ihren eigenen monumentalen Platz in der Wüste alberner und hysterischer Urteile.

Es ist an der Zeit, schon aus reiner Vernunft zu so etwas wie einem echten Qualitätsstandard zurückzukehren. Es ist an der Zeit, offen auszusprechen, dass unsere Literatur in Gefahr ist, an Wert zu verlieren, und dass die Masse der Leser systematisch in die Irre geführt wird.

Bevor ich fortfahre, möchte ich mich mit einem Wort entschuldigen. Ich habe diese Arbeit auf meine eigenen Schultern genommen, weil ich nicht sehe, dass irgendjemand anders sie übernehmen würde, und weil sie mir lautstark danach schreit, erledigt zu werden. Meine einzige Abneigung, sie zu übernehmen, liegt in der Tatsache, dass ich mein eigenes Leben der Ausübung dieser Kunst gewidmet habe, deren Ausübung durch meine Zeitgenossen ich jetzt kritisieren werde . Das sieht böse und kleinlich aus. Aber was auch immer diese Erklärung wert zu sein scheint, ich mache sie mit Aufrichtigkeit und Wahrheit. Ich habe in meinem Leben nie die Galle des Neids gekostet. Ich habe meinen Anteil und meinen vollen Anteil an den Beschönigungen der Kritiker bekommen. Ich habe in den Augen der Kritiker nie „mit Sir Walter mithalten oder ihn übertreffen" können, aber auf vielen tausend gedruckten Seiten (von Anzeigen) ist vermerkt, dass ich „mehr Genie für die Darstellung ländlicher Charaktere habe als jedes halbe Dutzend lebender Romanautoren zusammen". Ich lache, wenn ich das lese, denn ich erinnere mich an Thomas Hardy, der mein Meister ist. Ich bin fest davon überzeugt, dass mein Kritiker mit dem Buch, das er so „ pyrotechnisch " verunstaltet hat (wie der arme Artemus zu sagen pflegte), wirklich zufrieden war, aber ich denke, mein Urteil ist das vernünftigere und nüchternere von beiden. Ich habe nicht die geringste Lust, die Fahnen anderer Leute herunterzureißen und meine eigene Fahne wehen zu lassen. Und da ist die erste und letzte Einmischung meiner selbst. Ich hielt sie für notwendig und werde sie weder auslöschen noch mich für ihre Anwesenheit entschuldigen .

Neben der übertriebenen Bewunderung, mit der unsere professionellen Zensoren die Schar der Neuankömmlinge begrüßen, ist es aufschlussreich, die Verachtung zu beobachten, der einige unserer alten Götter verfallen sind. Den überlegenen Menschen haben wir immer bei uns. Er ist in seinem Wesen ein Prüder, aber wenn, wie es gelegentlich vorkommt, sein Herz und seine Intelligenz reifen, verliert er die Eigenschaften, die ihn einst zu einem überlegenen Menschen machten. Solange er seinen angeborenen Status behält, besteht seine besondere Kunst darin, nichts zu bewundern, was gewöhnliche Menschen bewundernswert finden. Vor ein oder zwei Jahren wurde es zum Schlagwort seiner Klasse, dass sie Dickens nicht lesen konnten. Wir trafen plötzlich eine Menge Leute, die Dickens wirklich nicht ausstehen konnten. Die meisten von ihnen waren (natürlich) „die Leute, aus denen sich Scharen zusammensetzen", die keinerlei geistige Ausstattung besaßen, die es wert wäre, getauscht oder gekauft zu werden. Sie machten der Mode, Dickens zu verachten, *ein* Ende, und der überlegene Mensch, der feststellte, dass seine bedauerliche Unfähigkeit nicht länger eine ausschließliche Eigenschaft war, hörte auf, damit zu prahlen. Wenn an Feiertagen auf Hampstead Heath eine neue Mode populär ist, verwerfen die Leute, die diese Mode ursprünglich eingeführt haben, sie und setzen eine neue. In einer halben Generation werden einige unserer Vorgesetzten, nur um der Originalität ihres Urteils willen, die Seiten dieses unsterblichen Meisters – unsterblich, wie die Menschen literarische Unsterblichkeit nennen – erneut durchblättern und uns erzählen, dass er doch wirklich etwas in sich hatte.

Es war Mr. WD Howells, ein für seine Zeit herausragender amerikanischer Schriftsteller, der den Satz in Umlauf brachte, dass seit dem Tod von Thackeray und Dickens die Belletristik zu einer feineren Kunst geworden sei. Hätte Mr. Howells das gemeint, was viele Leute von ihm erwarteten, wäre die Aussage einfach nur unverschämt gewesen. Er verwendete das Wort „feiner" im wörtlichen Sinn und meinte lediglich, dass eine Mode der Akribie in der Untersuchung und im Stil über uns gekommen sei. In gewissem Sinne ist der Sezierer, der das Muskel- und Nervensystem eines kleinen Fingers netzartig zerlegt, ein „feinerer" Chirurg als der Krankenhausriese, dessen Diagnose eine Inspiration ist und dessen Messer zielsicher bis zur Wurzel der Krankheit vordringt. In gewissem Sinne wäre ein Bildhauer, der aus Kirschkernen Abbilder gewöhnlicher Menschen schnitzt, ein „feinerer" Künstler als Michelangelo, der es gewohnt war, prachtvolle Formen in heroischem Maßstab zu handhaben. In diesem Sinne und in den Händen einiger ihrer Vertreter wurde die Belletristik für ein oder zwei Jahre zu einer feineren Kunst als je zuvor. Aber der Mikroskopiker war nie populär und konnte es auch nie werden. Er ist jetzt tot, und die jüngeren Männer liefern uns kraftvolle Kopien von Dumas, Scott und Edgar Allan Poe, und einige von ihnen verschmelzen die Methoden von Dickens mit denen späterer und früherer Autoren. Uns steht wieder eine Ära der breiten Wirkung bevor.

Aber sehr viele Leute, und darunter auch einige, die es besser hätten wissen müssen, haben Mr. Howells' Ausspruch in einem weiteren Sinne aufgefasst, als er ihn je beabsichtigt hatte, und teilweise deshalb sind wir zu einer gewissen stillschweigenden Geringschätzung des größten emotionalen Meisters der Belletristik gelangt. Es gibt andere und stichhaltigere Gründe für die vorübergehende Verdunkelung dieses strahlenden Lichts. Es könnte unserem gegenwärtigen Vorhaben helfen, herauszufinden, welche das sind.

Jedes Zeitalter hat seine Moden in der Literatur, wie auch in der Kleidung. Alle schönen Moden in der Literatur wurden zumindest für eine Wiederbelebung und Nachahmung würdig gehalten, aber für jede kam der Reihe nach ein Moment, in dem sie anfingen, die Phantasie zu ermüden. Jede Schule ist dazu bestimmt, vor ihrem Tod Übersättigung und Ermüdung hervorzurufen. Je überwältigender ihr Erfolg war, desto vollständiger und umfassender ist die willkommene Veränderung. Wir wissen, wie die Welt über Pamela und Clarissa erzitterte und weinte, und wir wissen, wie ihre besondere Form des Pathos die Welt sättigte und starb. Wir wissen, welche Wendung Zauberschlösser nahmen und wie ihr Zauber zu nichts verwelkte. Wir wissen, welchen triumphalen Fortschritt der sentimentale Leidende durch die Welt machte und was für ein Langweiler er wurde. Es ist der Erfolg, der tötet. Erfolg erzeugt Nachahmung, und die Nachahmer sind eine Ermüdung. Und es ist nicht das Genie, das stirbt. Es ist nur die Schule, die entstand, um ihn nachzuahmen. Richardson lebt für alle, außer für die Langweiligen und Dummen. Jetzt, da es in der Welt der Fiktion nicht mehr so viele Zauberschlösser gibt, können wir zur Abwechslung mal in einem wohnen und uns amüsieren. Werther ist wieder unser Freund, obwohl die Schule, die er gegründet hat, wahrscheinlich die langweiligste war, die die Welt je gesehen hat.

Mit Ausnahme von Sir Walter Scott hat vermutlich kein anderer Mensch jemals so viele Nachahmer inspiriert wie Charles Dickens. Es gibt heute in keinem Land, in dem die Belletristik als Beruf oder Kunst anerkannt ist , einen Romanautor, der nicht – ob er es nun weiß und zugibt oder nicht – stark von Dickens beeinflusst ist. Seine Methode hat Einzug in die Atmosphäre der Belletristik gehalten, wie es bei allen wirklich großen Schriftstellern der Fall ist, und wir könnten ebenso gut schwören, Sauerstoff und Wasserstoff zu trennen, als uns von seinen Einflüssen fernzuhalten. Um sich von diesen Einflüssen fernzuhalten, müssen Sie sich von allem modernen Denken und Empfinden fernhalten. Sie dürfen nichts gelesen haben, was in den letzten sechzig Jahren geschrieben wurde, und Sie müssen auf einer einsamen Insel aufgewachsen sein. Dickens spielt eine lebendige Rolle im Leben der ganzen weiten Welt. Er sitzt jeden Tag auf hunderttausend Richterbänken. Es gibt in keinem Land einen Krankenhauspatienten, der nicht in diesem Moment das Recht hätte, Gott zu danken, dass Dickens gelebt hat. Was seine gesegnete und großzügige Hand für die Armen und Unterdrückten und diejenigen getan hat, die keinen Helfer hatten, weiß niemand. Er machte Nächstenliebe und Wohlwollen zu einer Religion. Millionen und Abermillionen von Geld sind dank seiner Bücher aus den Kassen der Reichen zum Wohle der Armen geflossen. Ein großer Teil unseres täglichen Lebens und ein Großteil des Besten davon ist sein Werk.

Kein einzelner Mensch hat sich jemals solche Gelegenheiten geschaffen. Kein einzelner Mensch war jemals so umfassend und dauerhaft nützlich. Kein einzelner Mensch hat jemals so weitreichende Güte und Barmherzigkeit gesät.

Das ist alles wahr und alles andere als neu, aber es ist in letzter Zeit nicht mehr Mode, das zu sagen. Es ist nicht die ganze Wahrheit. Edle Flüsse haben ihre eigenen natürlichen Mängel wie Sümpfe und Schlammbänke. Manchmal flossen seine Gezeiten träge, wie zum Beispiel in „The Battle of Life", das mir zumindest immer als ein höchst rührseliges und unwirkliches Buch vorkam. Der reine Strom von „The Carol", der das Herz eines Mannes wäscht, ist in „The Chimes" dünn, in „The Haunted Man" noch dünner und in „The Battle of Life" ist er Hefe und Schlamm. „Nickleby" wiederum ist ein Buch für junge Leute und ebenso voller Fehler wie voller Genialität. Aber letzten Endes hat es die Schulen in Yorkshire ruiniert.

Der Hauptfehler, den oberflächliche moderne Kritiker bei Dickens finden müssen, ist eine Art von ungestümem Übermut im Ausdruck von Emotionen. Aber lassen Sie mich auf eine Sache hinweisen, und lassen Sie mich das auf meine eigene Weise tun. Tom Hood, der ein wahrer Dichter und der beste unserer englischen Witzbolde war und wahrscheinlich ein so guter Richter guter Arbeit wie kein anderer heute lebender Mensch, ging nach seinem Treffen mit Dickens nach Hause und sagte in scherzhafter Begeisterung zu seiner Frau, sie solle ihm die Hand abschneiden und in eine Flasche füllen, weil sie Boz die Hand geschüttelt hatte. Lord Jeffrey, der als Kritiker kalt war, weinte um die kleine Nell. Das tat auch Sydney Smith, der weit davon entfernt war, ein weinerlicher Sentimentalist zu sein. Um ein Gericht richtig beurteilen zu können, muss man Appetit darauf mitbringen. Hier ist die berühmte Dickens-Pastete, die, als sie zum ersten Mal serviert wurde, nicht von einer Klasse oder Clique, sondern von allen Menschen in allen Ländern für unnachahmlich erklärt wurde. Aber man bekommt es heiß serviert und man bekommt es kalt serviert, es wird in jedem Literaturrestaurant aufgewärmt, man findet seinen Geschmack in Ihrem Morgenjournal und Ihrer Wochenzeitung. Die Soße findet ihren Weg in die Prosa und die Verse einer ganzen jungen Generation. Sie hat einen markanten Geschmack , einen individuellen Geschmack . Sie findet sich in allem wieder. Wir sind es leid, dass dieses einst so leckere Gericht immer wieder aufs Neue aufgewärmt wird. Schaffen Sie es weg.

Der Originalkuchen ist nicht schlechter und nicht besser, aber Tausende von Köchen kannten das Rezept dafür und haben versucht, ihn nachzubacken. Der Appetit ist vielleicht verschwunden, aber der Kuchen war gut.

Kein Gleichnis läuft auf allen Vieren, und diese Parabel in einer Kuchenform ist ein armer Reisender .

Aber dieses Urteilsprinzip gilt zwangsläufig für alle großen Kunstwerke. Es gilt nicht für bloß gute Werke, denn diese sind fast immer nachahmend und daher nicht besonders nachahmenswert. Manchmal kommt es vor, dass ein Nachahmer dem unkritischen Leser sogar besser erscheint als der Mann, den er nachahmt, weil er eine moderne Note hat. Aber denken Sie daran, zu seiner Zeit war auch der Meister ein Moderner.

Der neue Mensch sagt über Dickens, dass seine Gefühle falsch klingen. Das ist ein Fehler. Es klingt altmodisch. Kein falscher Ton hat je die Welt bewegt, und die Welt liebte seinen Namen. Als er starb, flossen in Tausenden von Haushalten Tränen, und sie waren so aufrichtig und echt, als wären sie beim Verlust eines persönlichen Freundes entstanden.

Wir, die wir trotz aller Mode unserer Loyalität gegenüber dem Zauberer unserer Jugend treu bleiben, der nie einen anderen so verehren oder lieben kann, wie wir ihn geliebt und verehrt haben, sind mit dem leichten, unvermeidlichen Abklingen seines Ruhmes ganz zufrieden. Er ist immer noch in den Herzen der Menschen und dort hat er nur einen Rivalen.

Kein Versuch einer Besprechung moderner Belletristik kann ohne eine Erwähnung der größten Männer aus der Zeit der Blütezeit der Kunst unternommen werden. Wenn wir mit den Giganten fertig sind, kommen wir zu den Großen, und bis dahin werden wir ein Auge für die Proportionen des Restes haben. Doch bevor wir uns fürs Erste verabschieden, möchte ich dem unkritischen Leser einen wertvollen Prüfstein anbieten. Er soll sich an die Geschichten erinnern, die er, sagen wir, vor fünf Jahren gelesen hat. Wenn er irgendwo in seinen Erinnerungen einen lebenden Mann oder eine lebende Frau findet, die ihm noch immer als Freund oder Feind gegenüberstehen, hat er im Verhältnis fünfzig zu eins ein hervorragendes Buch gelesen. Dickens' Figuren bestehen diesen Test bei allen Lesern, ob sie ihn nun bewundern oder nicht. Selbst wenn sie grotesk sind , sind sie lebendig. Sie leben selbst im Gedächtnis der Sorglosen wie echte Menschen. Und dies ist der einzige untrügliche Prüfstein, an dem man große Belletristik erkennen kann.

II.
CHARLES READE

Reades Stellung in der Literatur ist ausgesprochen merkwürdig. Die professionellen Kritiker kamen nie auch nur annähernd an eine gerechte Würdigung seiner Größe heran, und der durchschnittliche „kultivierte Leser" nimmt seinen Namen mit einem drolligen Anflug von Nachsicht und Gönnerschaft auf. Aber es gibt einige, und diese sind nicht im Geringsten als Richter qualifiziert, die ihn als einen der großen Meister ansehen. Sie werden, glaube ich, feststellen, dass die Männer, die diese Meinung vertreten, in der Hauptsache Kollegen in dem Handwerk sind, das er ausübte . Seine wärmsten und beständigsten Bewunderer sind seine Romanschriftsteller-Brüder. Trollope sprach zwar von ihm als „beinahe einem Genie", aber Trollopes Geist war eine Quintessenz des Alltäglichen, und der Mann, der von der Romantik und Leidenschaft seiner Zeit entflammt war, ging über die Grenzen seines Verständnisses hinaus. Aber unter den englischen Romanautoren, die ich persönlich kennen durfte, habe ich keinen getroffen, der Charles Reade nicht für einen Giganten hielt.

Die Kritiker haben ihn nie anerkannt, und in gewissem Maße wurde er von der Öffentlichkeit vernachlässigt. Es gibt für alles einen Grund, wenn wir ihn nur finden könnten, und manchmal scheint es mir, als ob ich einen Lichtschimmer in diesem verwirrenden Problem habe. Sir Walter Besant (damals Mr. Besant) schrieb vor Jahren im „Gentleman's Magazine" eine gewagte Lobrede auf Reades Werk, in der er ihm offen einen Platz unter den Allergrößten einräumte. Mein Herz glühte, als ich es las, aber ich weiß jetzt, dass es Mut der selteneren Art erforderte, ein so vorbehaltloses Urteil zugunsten eines Schriftstellers abzugeben, der vor der Öffentlichkeit keine Stunde lang eine solche Position innehatte wie heute drei oder vier Männer, die dieser tote Meister in der hohlen Hand hätte rollen können.

Lassen Sie mich ein oder zwei Minuten lang versuchen zu zeigen, warum und inwiefern er ein so großer Mann ist. Und dann möchte ich versuchen, ein oder zwei Gründe aufzuzeigen, aus denen ihm die wahre Belohnung der Größe verwehrt blieb.

Das Allererste, was für Größe in jedem Beruf erforderlich ist, ist, dass ein Mann es ernst meint. Sie können genauso gut versuchen, Ihr häusliches Feuer mit Pumpwasser zu entfachen, wie durch die Erfindung einer Geschichte, die Ihnen selbst nicht lächerlich erscheint, Gelächter hervorzurufen oder echte Tränen durch eine Geschichte hervorzurufen, die Sie sich ausgedacht haben, während Ihr eigenes Herz trocken ist. „Die Verwundung ist das verwundete Herz." Bei Charles Reade wurde diese grundlegende Sympathie zu einer Leidenschaft. Er verspottete Schwierigkeiten, aber er verspottete sie auf die Art des durch und durch begeisterten Enthusiasten und nicht auf die des Faulenzers. Er beschloss, Romane zu schreiben, und übte jahrelang , bevor er eine Zeile druckte. Er vergewisserte sich über Auswahlmethoden und Ausdrucksformen. Von Natur aus besser ausgestattet als einer von hundert derjenigen, die den von ihm gewählten Beruf ausüben, arbeitete er mit feuriger, unermüdlicher Geduld daran, sein Arsenal zu vervollständigen und sich im Umgang mit jeder seiner Waffen zu perfektionieren. Er war ein Allesfresser und machte es sich während seines gesamten literarischen Lebens zur Aufgabe, unzählige Fragmente von Persönlichkeiten, Geschichte, aktuellen Nachrichten und flüchtigen, aber dennoch wichtigen Dingen aller Art zu sammeln, zu ordnen, zu klassifizieren und zu katalogisieren. Im vorletzten Jahr seines Lebens ging er mit mir einige der gewaltigen Bände durch, die er auf diese Weise zusammengetragen hatte. Die riesigen Bücher sind noch heute ein Beispiel für seinen Fleiß, aber nur wer ihn beim Lesen ihrer Seiten gesehen hat, kann die Genauigkeit und Vertrautheit seiner Kenntnisse ihres Inhalts erraten. Sie scheinen sich mit allem zu befassen, und was auch immer sie enthielten, war ihm vertraut.

Diese enzyklopädische Industrie hätte einen gewöhnlichen Menschen gewöhnlich gemacht, und bei der Einschätzung des Genies eines großen Mannes ist sie lediglich ein Merkmal. Seine Sympathie für sein gewähltes Handwerk wurde durch eine ebenso intensive und leidenschaftliche Sympathie für die Menschheit unterstützt. Er war ein herrlicher Liebhaber und Hasser liebenswerter und hasserfüllter Dinge.

In einer Hinsicht war er unter den Menschen fast einzigartig, denn er verband eine wilde Abscheu vor Unrecht mit einer äußerst präzisen Beurteilung seines Ausmaßes und seiner Qualität. Er arbeitete mit der kalten Sorgfalt eines Altertumsforschers an der Untersuchung der Probleme seiner Zeit. Er kam mit der Ruhe eines großen Richters zu einem Ergebnis. Und als seine Sache sicher war, stürzte er sich mit außergewöhnlicher und anhaltender Energie darauf. Die Wut, mit der er sich für seine Sache einsetzte, steht in überraschendem Kontrast zu der Geduld, die er beim Aufbau seines Falls aufbrachte.

Reade hatte die Größe seiner Zeit mit dem Dichtergespür. Er erkannte die epische Natur der Ereignisse seiner Stunde, den epischen Charakter der Männer, die diese Ereignisse prägten . In Hunderten von Jahren, wenn das föderierte Australien dicht mit großen Städten bewachsen ist und der Inselkontinent zu seiner vollendeten Nation herangewachsen ist und in Ehren erstrahlt, wird Reades nervöses Englisch, das zu dieser Zeit vielleicht altmodisch geworden und nur für gelehrte Leser lesbar ist, die Geschichte seiner Anfänge bewahren. Dieser Teil seines Werkes ist in der Tat rein und ganz episch in Empfindung und Urteilskraft, wenn auch umgangssprachlich in der Form, und es ist das einzige Beispiel seiner Art, da es von jemandem geschrieben wurde, der die beschriebenen Ereignisse zeitgenössisch miterlebte.

Reade lag ziemlich ständig mit seinen Kritikern im Streit, aber er rechtfertigte sich gegenüber dem Rezensenten seiner Zeit, und heute haben die Leute, die ihn angriffen, so etwas wie ein Recht, in Frieden zu schlafen. Im Privatleben war er einer der liebenswürdigsten Menschen und zeichnete sich durch Höflichkeit und Freundlichkeit aus, aber in Kontroversen war er ein Draufgänger. Er hatte die Angewohnheit, im Recht zu sein, was seinen Gegnern missfiel, und er war manchmal grausam in seiner Ungeduld gegenüber Dummheit und Verblendung. Kaum ein Fortbestehen der Torheit hätte die meisten Menschen zu den Erwiderungen inspirieren können, die er gelegentlich machte. Einem Unglücklichen schrieb er: „ Sir, Sie haben es gewagt, mir in einer Frage zu widersprechen, über die ich sehr belesen bin, während Sie selbst ahnungslos sind." Das war ganz richtig, aber ein anderer Typ Mensch hätte eine andere Art gefunden, es auszudrücken.

Dieser Trick, Recht zu haben, zeigte sich in der Diskussion, die die Ausgabe von „Hard Cash" in „All the Year Round" begleitete, mit deutlicher Wirkung. Ein Psychologe verurteilte eine der Aussagen des Autors als schlichte Unmöglichkeit. Reade antwortete, dass die fragliche Unmöglichkeit sich als Tatsache tarnte und die hohle Form hatte, an diesem und jenem Datum vor diesem und jenem öffentlichen Gericht stattgefunden zu haben und in diesen und jenen zeitgenössischen Zeitschriften aufgezeichnet worden war. Wann immer er einen Kreuzzug gegen ein öffentliches Übel führte, etwa wenn er das Gefängnissystem, das Irrenhaussystem oder das System der Rattenbekämpfung in den Gewerkschaften angriff, wurde sein Fall durch riesige Sammlungen indexierter Fakten unterstützt, und in dem Kampf, der normalerweise folgte, konnte er sich auf unanfechtbare Aufzeichnungen berufen; aber immer wieder führte der wütende Eifer des Anwalts dazu, dass die Leute die juristische Genauigkeit vergaßen oder daran zweifelten, auf der sein Fall ausnahmslos beruhte.

Letzten Endes beruht sein Anspruch auf Unsterblichkeit weniger auf den Büchern, die sich mit den Glanzstücken und Skandalen seiner Zeit befassen, als vielmehr auf jenem Denkmal der Gelehrsamkeit, des Humors , des Pathos und der erzählerischen Kunstfertigkeit, „The Cloister and the Hearth". * Es ist nicht zu viel gesagt, wenn man von diesem Buch sagt, dass es in seiner Art konkurrenzlos ist. Dem Leser scheint es nicht weniger als die Wiederbelebung eines toten Zeitalters zu sein. Dogmatisch zu behaupten, dass die vergangenen Menschen, von denen es handelt, nicht anders gewesen sein können, als es sie schildert, hieße, mehr Wissen anzumaßen als der Autor selbst. Aber es sind nicht die Männer und Frauen, die wir im wirklichen Leben kennen, und es sind nicht die Männer und Frauen, die uns andere Romanautoren vorgestellt haben. Und doch sind sie zweifellos menschlich und lebendig, und wir zweifeln an ihnen nicht mehr als an den Menschen, mit denen wir auf der Straße zusammentreffen. Dr. Conan Doyle sagte mir einmal etwas, das ich für denkwürdig über dieses Buch halte: Es zu lesen, sagte er, sei „als ob man mit einer dunklen Laterne durch das dunkle Zeitalter ginge". Und so ist es tatsächlich. Man folgt dem verschlungenen Weg vom alten Sevenbergen ins mittelalterliche Rom, und wohin auch immer die Erzählung einen führt, der Scheinwerfer blitzt auf alles, und aus der Dunkelheit und dem Staub und Tod der Jahrhunderte springt einem das Leben entgegen. Und ich kenne nichts in der englischen Prosa, das an edler und schlichter Beredsamkeit die einleitenden und abschließenden Absätze dieses großartigen Werks übertrifft, noch – abgesehen von einigen naiven und fast kindischen humorvollen Passagen – einen reicheren, prägnanteren, reineren oder vollkommeneren Stil als den der gesamten Erzählung. Heutzutage hat sich die Mode in der Kritik geändert, und der schwächste Stümper unter uns wird zehnmal enthusiastischer begrüßt und erhält weniger maßvolles Lob, als „The Cloister and the Hearth" zuteil wurde, als es zum ersten Mal das Licht der Welt erblickte. Denken Sie nur einen Moment darüber nach – überlegen Sie, was passieren würde, wenn uns ein solches Buch plötzlich präsentiert würde. Ehrlich gesagt, es *wäre unmöglich* , es zu rezensieren. Unsere Superlative werden so oft verwendet, um im besten Fall gute, schlichte und solide Arbeit und im schlimmsten Fall offenkundigen Blödsinn zu beschreiben, dass uns für Exzellenz dieser Art kein Wort mehr fehlt.

** Es lohnt sich, hier einen Satz von Charles aufzuzeichnen*

Lies mir in Bezug auf diese Arbeit vor. Er widerlegte die

gegen ihn erhobene Plagiatsvorwürfe und

sagte er lachend: „ Es ist wahr, dass ich dreihundert

„Ich warf die Kühe in meinen Eimer, aber die Butter, die ich machte, gehörte mir. "

Und wie kommt es nun, dass dieser große Schriftsteller mit Genie, Gelehrsamkeit und Stil, mit Lachen, Schrecken und Tränen über seinen Befehl innehält und auf dem Weg zu dem Platz, der ihm von Rechts wegen zusteht? Manchmal scheint es mir, als hätte ich eine Teilantwort auf diese Frage. Ich glaube, dass ein vernünftiger Herausgeber Charles Reade ohne eine einzige gottlose Tat einen unumstrittenen und unbestreitbaren Rang geben könnte. Die Hälfte der ganzen Sache ist eine Frage des Druckens. Dieser große und bewundernswerte Schriftsteller hatte einen ständigen Fehler, der so vulgär und trivial ist, dass er ebenso sehr ein Wunder wie eine Beleidigung bleibt. Er sucht Nachdruck durch das Mittel großer und kleiner Schrift, Großbuchstaben und Kapitälchen, Kursivschrift und Frakturschrift und geschmackloser kleiner Illustrationen. Lange bevor der Leser den Punkt erreicht, an dem seine Gefühle erregt werden sollen, warnt ihn sein Auge, dass der Schock bevorsteht. Er weiß im Voraus, dass der rhetorische Blitz genau dort einschlagen wird, und wenn er einschlägt, ist er zehn zu eins enttäuscht. Oder die Abwechslung von der Einheitlichkeit der Seite lenkt seinen Blick auf die „angezeigten" Passagen, und er wird dazu verleitet, sie an einer anderen Stelle und in einer anderen Reihenfolge zu lesen. Nehmen wir zum Beispiel ein Beispiel, das mir gerade einfällt. In „It is Never Too Late to Mend" verirren sich Fielding und Robinson in einem australischen Wald – „ busched", wie die lokale Redewendung lautet. Zu dieser Stunde werden sie um ihr Leben gejagt. Sie geraten in eine Art Teufelskreis, und wie es Verirrten oft passiert ist, geraten sie im Laufe ihrer Wanderungen auf ihre eigene Spur. Eine Zeitlang folgen sie ihr in der Hoffnung, dass sie sie zu einem Lager oder einer Siedlung führen wird. Plötzlich wird Fielding bewusst, dass sie der Spur ihrer eigenen früheren Fußspuren folgen, und fast im selben Atemzug entdeckt er, dass sich zu diesen die Spuren anderer Füße gesellen. Er liest eine fatale und wahre Bedeutung in dieses Zeichen, sieht sich seine Waffen an und macht sich in geübtem Tempo auf den Weg. „Was tust du?", fragt Robinson, und Fielding antwortet (in Großbuchstaben): „Ich jage die Jäger!" Die Situation ist bewundernswert dramatisch. Der Zufall hat es so gelenkt, dass die Verfolgten tatsächlich hinter den Verfolgern sind, und die Anwesenheit der beabsichtigten Mörder wird durch ein Mittel verkündet, das zugleich einfach, natürlich, neuartig und überraschend ist. Alle Elemente für den Erfolg einer spannenden Erzählung sind vorhanden, und der Stil lässt keine Sekunde nach oder lässt die Anspannung der Situation auch nur eine Sekunde nach. Aber diese Großbuchstaben haben das Auge des Lesers schon längst auf sich gezogen, und der Punkt, den der Autor zu betonen versucht, ist doppelt verloren. Er wurde verhindert und ist zu einer Irritation geworden. Sie kommen zweimal darauf; Sie wurden der Erwartung und der Spannung beraubt, die gerade hier das Leben und die Seele der Kunst sind. Sie wissen es, bevor Sie raten dürfen; und, was vielleicht am schlimmsten ist, Sie haben das Gefühl, dass Ihre eigene Intelligenz beleidigt wurde. Sicherlich hatten Sie genug Vorstellungskraft, um die Bedeutung der Zeile zu verstehen, ohne dass Ihnen dieser trügerische Trick dabei half. Es ist nicht die Aufgabe eines großen Meisters der Belletristik, den Einfallslosen auf die Sprünge zu helfen und zu sagen: „Wachen Sie auf!" oder „Hier ist es Ihre Pflicht, der Erzählung einen Nervenkitzel zu bereiten."

Ein weiterer und ebenso charakteristischer Fehler, der allerdings weitaus seltener vorkommt, ist Reades Art, sich dem Leser aufzudrängen. Er steht auf seltsam irritierende Weise zwischen dem Bild, das er gemalt hat, und dem Mann, den er eingeladen hat, es zu betrachten. In einem Fall lenkt er den Blick nach unten auf eine Fußnote, damit man lesen kann: „Ich, CR, sage dies" – was kaum mehr oder weniger als eine Unverschämtheit ist. Der Sinn für Humor, der wahrscheinlich im Kopf des Autors funkelte, ist bestenfalls schwach. Wir wissen, dass er, CR, dies gesagt hat. Wir schenken CR unsere Zeit und Intelligenz, und es tut uns eher leid, als dass es uns sonst etwas ausmacht, ihn bei dieser kleinen Possenreißerei zu ertappen.

Ich denke, es sollte eine Anweisung für zukünftige Verleger von Charles Reade sein, ihm christliche Drucke zu geben – ihn im Hauptteil seiner Erzählung auf eine Schriftart zu beschränken und ihm die Verwendung von Großbuchstaben, Kapitälchen und Kursivschrift (außer an den üblichen und orthodoxen Stellen) strikt zu verbieten. Und ich kann mir nicht vorstellen, dass man einem Herausgeber Respektlosigkeit vorwerfen könnte, der den Mut hatte, mit einer feuchten Feder jene Ausdrücke von Egoismus und naiver Selbstzufriedenheit und Eitelkeit durchzudrücken, die seine Seiten gelegentlich entstellen.

Ich frage mich, ob diese Kleinigkeiten – denn verglichen mit Reades Genie sind sie in der Tat Kleinigkeiten – in irgendeiner vernünftigen Weise die Vernachlässigung erklären können, die ihn zweifellos plagt. In erzählerischer Kraft hat er nur einen Rivalen – Dumas *père* – und er ist diesem Rivalen in allem außer in Energie weit überlegen. Kein männlicher Schriftsteller übertrifft ihn in der Kenntnis der weiblichen menschlichen Natur. Es gibt in der Literatur kein Liebesspiel, das die Geschichte der Brautwerbung von Julia Dodd und Alfred Hardy in „Hard Cash" übertreffen könnte. In Bezug auf die bloße beschreibende Kraft gehört er zu den Giganten. Man denke nur an die brennende Mühle in „The Cloister and the Hearth", die Lerche im Exil in „Never too Late to Mend", das Bootsrennen in „Hard Cash", die Szene mit Kate Peyton am feuerbeleuchteten Fenster und Griffith im Schnee in „Griffith Gaunt". Auf seinen Seiten gibt es tausende Lacher, nicht nur Kichern, sondern schallendes Gelächter , und der Mann, der auch nur eine von hundert pathetischen Passagen ohne Tränen überstehen kann, ist ein bemitleidenswerter Mann. Man muss zugeben, dass er sein Englisch manchmal ziemlich heftig verrenkt, und doch muss man sagen, dass er in Sachen Feinheit, Kraft, Aufrichtigkeit, Klarheit und aller großen Stilprägungen mit den edelsten unserer Prosaschriftsteller mithalten kann. Kann es sein, dass ein paar verstreute Tropfen Vulgarität in der Betonung ein solches Feuer dämpfen? Verdirbt eine so kleine tote Fliege einen so großen Salbentopf? Ich werde nicht so dumm sein, in einem solchen Punkt dogmatisch zu sein, und doch kann ich keine anderen Gründe als die bereits genannten finden, warum ein Meister nicht den Platz eines Meisters einnehmen sollte. Salomo hat uns erzählt, was „ein bisschen Torheit" für jemanden tun kann, der für seine Weisheit bekannt ist. Die breite Masse der Öffentlichkeit weiß zwar immer, was ihr gefällt, aber sie kann nicht immer sagen, warum ihr das gefällt.

Und der Mann, der für weitreichenden und dauerhaften Ruhm schreibt, muss sich nicht auf das Urteil der Experten und Gebildeten verlassen, sondern auf die Liebe derjenigen, die nur wissen, dass sie lieben, und die nicht die Macht haben, das kritische Warum und Weshalb zu erklären. Die Öffentlichkeit – „ das dumme und unwissende Schwein von Öffentlichkeit", wie „Pococurante" sie vor Jahren nannte – wird ständig missbraucht, und doch ist es nur die Öffentlichkeit, die uns am Ende sagen kann, ob wir gut oder schlecht abgeschnitten haben. Wir müssen alle zustimmen, uns daran messen zu lassen, und auf lange Sicht schätzt sie unsere Größe mit vollkommener Genauigkeit ein.

Ich hoffe, man hält es nicht für unverschämt, wenn ich hier eine Erinnerung an Reade einstreue, die charakteristisch für seine süßere Seite zu sein scheint. Als ich diese Seiten für den Druck durchlas, wurde ich zu einer traurigen und zärtlichen Erinnerung an den einzigen der drei großen verschwundenen Meister bewegt, den ich glücklicherweise persönlich kennenlernen durfte. Ich widmete ihm den zweiten Roman, der aus meiner Feder kam – der dritte, der die Öffentlichkeit erreichte – und als ich ihm die Bände am Erscheinungstag schickte, schrieb ich einen, wie ich mich erinnere, eher jungenhaften Brief, in dem ich mir keine Mühe gab, meine Bewunderung für sein Genie zu verbergen. Diese Bewunderung wurde damals nicht durch die oben geäußerten Überlegungen gemildert, denn sie berührten mich erst nach vielen Jahren der Übung in der Kunst, die er so reich ausschmückte. Er antwortete mit sanfter und trauriger Höflichkeit und schloss mit diesen Worten: „Es ist keine Schande für einen jungen Mann, einen Älteren über seine Verdienste hinaus zu schätzen." Ich fand das immer sehr anmutig und gelungen, und jetzt, da ich selbst in die Seniorenklasse hineingewachsen bin , bin ich von seinem Charme mehr denn je überzeugt.

III.
ROBERT LOUIS STEVENSON

Im Schema dieser Reihe hätte Thackerays Werk, wie ursprünglich angekündigt, das Thema des dritten Kapitels sein sollen. Doch nach reiflicher Überlegung bin ich zu dem Schluss gekommen, dass es angesichts meiner gegenwärtigen Absicht kaum mehr als nutzlose Selbstgefälligkeit wäre, das zu tun, was ich ursprünglich vorhatte. Über Thackeray gibt es keinerlei Streit. Es besteht kein Bedarf, die allgemeine Meinung über ihn zu revidieren. Für mich persönlich wäre es eine Freude, eine Würdigung zu schreiben, wie ich sie mir vorgestellt habe, doch dies ist nicht der Ort dafür.

Kommen wir also sofort zur Betrachtung der unvollendeten und unterbrochenen Arbeiten dieses charmanten und versierten Arbeiters, dessen Verlust alle Liebhaber der englischen Literatur noch immer beklagen.

Ich habe besondere und private Gründe, an den Menschen Robert Louis Stevenson zu denken; und diese Gründe scheinen mir eine zusätzliche Berechtigung zu geben, zu versuchen, dem Schriftsteller Robert Louis Stevenson gerecht zu werden. Mit der einzigen Ausnahme der unglücklichen abgesagten Briefe aus Samoa, die er schrieb, als er krank war und einen vorübergehenden Stilverlust erlitt, hat er kaum eine Zeile veröffentlicht, die nicht auch dem anspruchsvollsten Leser Freude bereitet hätte. Mit dieser einzigen Ausnahme war er in seiner Arbeit immer ein Künstler und zeigte sich immer bis in die Fingerspitzen lebendig. Er war ständig auf der bewussten Suche nach Glück im Ausdruck und sein Geschmack war von exquisiter Genauigkeit. Sein Urteilsvermögen im Gebrauch von Wörtern hielt mit seiner Erfindungsgabe Schritt – er wusste gleichzeitig, wie man anspruchsvoll und gewagt ist. Es ist zu bezweifeln, dass irgendein Schriftsteller mit größerer Beständigkeit daran gearbeitet hat , die Struktur seines Stils zu bereichern und zu verfestigen, und am Ende war eine Seite von ihm so rein und solide wie ein goldenes Tuch.

Dies ist das Lob, das ihm die zukünftigen Kritiker der englischen Literatur zuteil werden. Aber in diesem Zeitalter kritischer Hysterie ist es nicht genug, einem Mann den Palmenhagel für seine eigenen Qualitäten zu überreichen. Was Stevenson betrifft, sind unsere professionellen Führer ziemlich verrückt geworden, und es lohnt sich, sich darum zu bemühen, ihm den Platz zu geben, den er ehrlich verdient hat, bevor die unvermeidliche Reaktion einsetzt und unverdientes Lob zu unverdienter Vernachlässigung führt. Sein Leben war mühsam. Seine dürftigen physischen Mittel und sein leidenschaftlicher Geist passten erbärmlich schlecht zusammen. Es war unmöglich, seine Karriere ohne ein Mitgefühl zu betrachten, das von Bewunderung zu Mitleid schwankte. Trotz aller Vorsicht war er sicher, jung zu sterben, und angesichts dieser harten Tatsache erzwang er Liebe, indem er freundlich und unbesiegbar tapfer war. Lassen Sie die ganze Tugend dieser Wahrheit anerkannt werden, und lassen Sie sie als Entschuldigung für Lob dienen, das über die Grenzen des Absurden hinausgegangen ist. Es ist schwer, ein nüchternes Urteil zu fällen, wenn die Emotionen stark ins Spiel kommen. Die unvermeidliche Tragik von Stevensons Schicksal, die unausweichliche Gewissheit, dass er nicht mehr leben würde, um all das zu erreichen, was ein solcher Geist in einem gesünderen Zustand für eine Kunst getan hätte, die er so sehr liebte, die Anziehungskraft seiner Freundschaft, seine völlige Unfähigkeit zum Neid, seine echte Bescheidenheit in Bezug auf seine eigene Arbeit und seinen Ruf, sein nicht prahlerischer und unermüdlicher Mut machten auf viele seiner Zeitgenossen einen tiefen Eindruck. Es ist vielleicht kein Wunder, wenn die kritische Meinung teilweise von solchen Einflüssen geprägt wurde . Derart hervorgerufene Fehleinschätzungen werden leicht verziehen. Sie sind mindestens eine Million Mal respektabler als die Lügen des Verlegers oder die gegenseitige Ekstase der Holzwalzer und Axtschleifer.

Die merkwürdige Leichtigkeit, mit der heutzutage jeder mickrige Schnösel das Schwert von Sir Walter bekommt, wurde bereits bemerkt. Wenn irgendein Tom o' Bedlam der Welt erzählen will, dass alle neuen schottischen Romanautoren Sir Walters Meister sind, was kümmert das irgendjemanden? Es ist natürlich schamlos albern und unverschämt und bringt die Zeitungskritik in Verruf, aber damit ist es auch schon vorbei. Wenn die Schriftsteller, die auf diese Weise lächerlich gemacht werden, beschließen, ihren Kritikern die Strohhalme aus dem Haar zu reißen und sie sich selbst ins Haar zu stecken, sind sie ärmere Geschöpfe, als ich sie für halte. Die Sache bringt uns zum Lachen oder zum Trauern, je nachdem, wie sie uns gerade zusetzt ; aber eigentlich ist das sehr wenig wichtig. Es stellt eines von zwei Dingen fest – der Kritiker ist hoffnungslos unfähig oder hoffnungslos unehrlich. Das Dilemma ist absolut. Der sündige Gentleman kann sein Horn wählen, und kein ehrlicher und fähiger Leser kümmert sich einen Penny darum, welches er nimmt.

Bei Stevenson ist die Sache jedoch ganz anders. Stevenson hat sich um dauerhaften Ruhm bemüht. Er steht offiziell auf der Liste der Bewerber für den großen Preis der literarischen Unsterblichkeit. Kein lebender Mensch kann mit Sicherheit sagen, ob er ihn auch bekommen wird. Jede erzwungene Lobrede schmälert seine Chancen. Jede Übertreibung seiner Verdienste wird dazu neigen, sie zu verdunkeln. Das Pendel des Geschmacks ist unerbittlich. Schwingt es zu weit auf die eine Seite, schwingt es selbst zu weit auf die andere.

In seinem Fall ist es leider zu einer kritischen Mode geworden, ihn neben den größten Meister der erzählenden Fiktion zu stellen, den die Welt je gesehen hat. Im Interesse eines wahren Künstlers, dem dieser Missbrauch des Lobes, wenn er fortgesetzt wird, sehr schaden würde, wäre es gut, sich nüchtern und ruhig darum zu bemühen , den Mann einzuschätzen und eine ungefähre Einschätzung seiner Statur zu erhalten.

Man kann davon ausgehen, dass selbst der am wenigsten gewissenhafte und gebildete unserer professionellen Führer etwas über die Geschichte von Sir Walter Scott gelesen hat und sich, wenn auch nur vage, der Wirkung bewusst ist, die er zu Lebzeiten auf dem Gebiet der Literatur ausgeübt hat. Sir Walter (der nach dem Urteil jener erstaunlichen Herren, die uns regelmäßig sagen, was wir denken sollen, von sechs Schriftstellern unserer Zeit übertroffen oder erreicht wird) war der Gründer von drei großen Schulen. Er gründete die Schule der romantischen mittelalterlichen Poesie, er gründete die Schule der antiquarischen Romanze und er gründete die Schule der Romanze mit schottischen Charakteren. Er schuf allerlei literarische Arbeiten, etwa die Zusammenstellung und Kommentierung von „The Minstrelsy of the Scottish Border" und die Anmerkungen zu den Gedichten und der Waverley Series. Dies waren Ausläufer seines großen Schaffens, aber ein fleißiger und talentierter Mann hätte sie stolz als das Werk eines ganzen Lebens zur Schau stellen können . Die großen Männer der Literatur sind die Epochenmacher, und Sir Walter ist der einzige Mann in der Literaturgeschichte der Welt, der in mehr als einer Hinsicht Epochenmacher war. Es ist heute Mode, ihn als Dichter zu verunglimpfen. Es gibt Kritiker, die beispielsweise den Versen von Wordsworth oder Browning einen hohen Wert beimessen, aber keinem modernen Werk, das nicht subtil und tiefgründig, metaphysisch oder analytisch ist, den Namen Poesie zugestehen können. Aber als bloßer erzählender Dichter werden nur wenige Männer, deren Urteilsvermögen von Wert ist, Scott den nächsten Platz nach Homer absprechen. Als Dichter schuf er eine Epoche. Sie füllte zeitlich keinen großen Raum aus, aber wir verdanken Sir Walters Impuls „er Giaour", „er Korsar", die „Braut von Abydos". In seiner zweiten Rolle als antiquarischer Romanzist erweckte er den älteren Dumas und eine solche Schar von großen und kleinen Nachahmern, wie sie kein Schriftsteller zuvor oder danach jemals auf den Fersen hatte. Als er sich dem schottischen Charakter zuwandte, machte er Galt, Robert Louis Stevenson, Dr. George Macdonald und all die modernen Herren, die bescheiden auf dem riesigen Feld, das er fand, pflügte, säte und erntete, Ähren ernteten, zu seinen Rivalen.

Lesen die Autoren, die behaupten, unsere Meinungen zu leiten, überhaupt Scott? Kennen sie die Szene der verborgenen und offenbarten Kräfte im Trossach -Tal – die Beförderung des Feurigen Kreuzes – das Urteil über die irrende Nonne – den letzten Kampf ihres Verräters? Kennen sie die Geschichte von Jeannie Deans? Aber es ist sinnlos, diese Fragen zu stellen oder diese Beispiele zu vervielfältigen. Scott ist platziert. Meister des Lachens,

Meister der Tränen, Riese der Schnelligkeit; gekrönter König, ohne einen einzigen Rivalen in allen Bereichen.

Eines dieser erstaunlichen und doch natürlichen Dinge, die uns manchmal erschrecken, ist der Wert, den manche der bloßen Modernität in der Kunst beimessen. Eine alte Sache wird auf neue Weise auf den Kopf gestellt, und es gibt Leute, die der Art und Weise mehr Wert beimessen als der Sache selbst und sofort vor Bewunderung der Originalität erstarren. Aber Originalität und Mode sind zwei verschiedene Dinge. Leute, die das Recht haben, die öffentliche Meinung zu lenken, erkennen den Unterschied.

Der absurde und schädliche Vergleich zwischen Scott und Stevenson wurde von den Freunden des Letzteren ernsthaft vorgebracht. Sie tun einem großartigen Künstler ernsthaft Unrecht. Man könnte Stevensons hinreißende Sammlung von Kameen in jede Kammer von Scotts feudalem Schloss stellen. Es ist ein Intaglio neben einer Kathedrale, ein Kolibri neben einem Adler. Es ist etwas Erlesenes neben etwas Edel-Großem.

Stellen Sie sich vor, Scott und Stevenson hätten im selben Zeitalter gelebt und in völliger Unkenntnis des jeweils anderen gearbeitet, auch wenn jeder der festen Überzeugung ist, dass ich mich irre. Scott hätte trotzdem die Welt in Brand gesetzt. Stevenson hätte mit seinem geschickten, schnellen, anpassungsfähigen Geist und seiner nicht leicht zu überschätzenden Perfektion in seinem Handwerk trotzdem etwas bewirkt; aber ihm wäre seine erhabenste Inspiration entgangen, und sein Stil wäre ganz anders gewesen.

Für puren literarischen Genuss gibt es kaum etwas Besseres, als von Stevensons neueren Seiten zu Scotts Briefen in Lockharts „Leben" zu blättern und zu sehen, wo die Moderne die Grundlage seines besten und neuesten Stils fand.

Der so oft angeführte Vergleich hält einer Prüfung keinen Augenblick stand. Stevenson ist kein großer kreativer Künstler. Er ist kein Epochenmacher. Er kann nicht Seite an Seite mit einem der Giganten gestellt werden. Es ist kein Fehler an ihm, der diesen Protest auslöst. Außer in dem Sinne, dass sein Beispiel an Reinheit, Feingefühl und Vollkommenheit in der verbalen Arbeit andere Künstler inspirieren wird, wird Stevenson keine Nachahmer haben, wie es bei originellen Menschen immer der Fall war. Er hat „köstliche Dinge getan", aber er hat nichts Neues geschaffen. Mit erstaunlicher Arbeit und Glück hat er aus dem Stil jedes guten englischen Schriftstellers einen zusammengesetzten Stil geschaffen. Sogar auf einer einzigen Seite spiegelte er manchmal viele Manieren wider. Er ist die Verkörperung des Literarischen im Gegensatz zum ursprünglichen Intellekt. Seine Methode ist nahezu perfekt, aber es fehlt ihr an Persönlichkeit. Er sagt unzählige Dinge, die das genaue Echo von Sir Walters Briefstil sind. Er sagt Dinge wie Lamb, und manchmal sind sie so gut, wie das Original sie hätte machen können. Er sagt Dinge wie Defoe, wie Montaigne, wie Rochefoucauld.

Sein Blumenstrauß wird in jedem Garten gepflückt und in Blätter gesteckt, die in allen Wäldern der Literatur gewachsen sind. Er ist geschickt, schlagfertig, munter und immer ein aufrichtiger Mann. Er ist gerecht und mutig und im Grunde ein Gentleman. Er hat die richtige nachahmende Romantik und kann Defoe und Dickens so mit etwas von sich selbst vermischen, das fast, aber nicht ganz, kreativ ist, dass er Ihnen einen blinden alten Pugh oder einen John Silver präsentieren kann. Er ist ein geborener – und gemachter – *Literat* . Eine verbale Erfindung ist für ihn Fleisch und Blut. Es gibt Stellen, an denen Sie ihn aktiv auf der Suche nach einer solchen sehen, wie wenn Markheim die Uhr mit „einem eingeschobenen Finger" anhält oder wenn John Silvers halb geschlossenes, listiges und grausames Auge „wie ein Glaskrümel" funkelt. Stevenson ist für diesen Krümel über den Kanal gelaufen, und es ist die Reise wert.

Stevenson besaß zweifellos jene Genialität, die einem Mann eigen ist, der sich unendlich viel Mühe geben kann. Dazu kommt ein wunderbarer Charakter und eine nahezu perfekte Aufnahmefähigkeit. Hinzu kommt noch die Fähigkeit zur mitfühlenden Erkenntnis im rein literarischen Sinne, und schon hat man den Mann. Lassen Sie mich meine letzte Ergänzung klarstellen. Es ist eine allgemeine Angewohnheit von ihm, so zu denken, wie seine literarischen Lieblinge gedacht hätten. Er konnte wie Lamb denken. Er konnte wie Defoe denken. Er konnte sogar zwei Geister auf diese Weise verschmelzen und sozusagen einen zusammengesetzten Geist für sich selbst schaffen, mit dem er denken konnte. Sein Intellekt war von einer sehr seltenen und feinen Art, und obwohl er im Wesentlichen ein Reproduzierer war, war er in keiner Weise ein Nachahmer oder auch nur eine Sekunde lang ein Plagiator. Er hatte seinen eigenen Destillierkolben, der alte Dinge neu machte. Sein bester Besitz war dieser sehr reale Sinn für Proportionen, der die Wurzel seines ganzen Humors war . „Warum erklärt Gott diese Dinge einem Gentleman wie mir nicht?" Dort trifft eine tiefe, gewohnte Ehrfurcht des Geistes plötzlich auf eine lächerliche Wahrnehmung seiner eigenen momentanen Selbstherrlichkeit. Die beiden elektrisierenden Gegensätze treffen aufeinander und senden jenen Blitz eines Sommerblitzes aus.

Stevenson zollte seinem Werk seltene Ehre , und der Künstler, der seine Selbstachtung auf diese beste Weise zeigt, wird immer von der Welt respektiert werden. Er hat unsere Zuneigung und Wertschätzung verdient, und wir geben sie ihm neidlos. Indem ich ihn herabzusetzen schien, habe ich ein undankbares Werk in Angriff genommen. Aber auf lange Sicht ist eine einigermaßen gerechte Einschätzung der Arbeit eines guten Mannes seinem Ruf förderlicher als ein angestrengtes Lob. Es sind nicht die Kritiker und nicht ich, die seine Proportionen letztendlich abschätzen werden. Er scheint mir gut in der Mitte der Mittelklasse der anerkannten Schriftsteller zu stehen. Er wird nicht als Erfinder leben, denn er hat nicht erfunden. Er wird nicht als einer von denen leben, die neue Denkfelder erschlossen haben. Er wird nicht unter denen leben, die die Höhen und Tiefen des menschlichen Geistes erforscht haben. Er kann – „ das dumme und ignorante Schwein von Publikum" wird die Frage klären – als Schriftsteller leben, in dessen Werken sich eine liebenswerte, aufrichtige und tapfere Seele und eine unermüdliche Wachsamkeit künstlerischer Anstrengung offenbaren.

Das Schönste, was er geschaffen hat, ist meiner Meinung nach sein Epitaph. Es besteht nur aus acht Zeilen, aber ich kenne nichts Schöneres:

Unter dem weiten Sternenhimmel

Leg mich hin und lass mich liegen.

Ich habe gerne gelebt und bin gerne gestorben,

Und ich habe mich mit Willenskraft hingelegt!

Dies sei der Vers, den Du für mich begräbst:

Hier liegt er, wo er hinwollte:

Zuhause ist der Seemann, Zuhause vom Meer,

Und der Jäger kommt vom Hügel nach Hause.

Schlafe, helles Herz! In deinen wachen Stunden hättest du über die übertriebenen Lobpreisungen gelacht, die dir jetzt so wenig nützen!

IV.
LEBENDE MEISTER – MEREDITH UND HALL CAINE

Es gibt eine sehr alte Geschichte, die besagt, dass eine Gruppe von Herren, die ein Wörterbuch zusammenstellten, eine Krabbe als „ein kleines rotes Tier, das rückwärts läuft" beschrieb. Abgesehen von der Tatsache, dass die Krabbe nicht rot ist, kein Tier ist und nicht rückwärts läuft, wurde die Definition für absolut bewundernswert erklärt. Ich wurde an dieses Stück alter Geschichte erinnert, als ich vor einiger Zeit eine Kritik über George Meredith aus der Feder von Mr. George Moore las. Mr. Moore stellte sein Thema als einen schreienden, gestikulierenden Mann in einer Menschenmenge dar, der trotz großer Anstrengungen, gehört zu werden, unverständlich blieb. Als Beschreibung eines seltsam ruhigen Weisen, der zu seiner eigenen Unterhaltung in einem Arbeitszimmer Monologe hält, ist dies perfekt. Das enorme Wachstum der Zahl gedankenloser Leser und die entsprechende Zunahme unserer Druckproduktion haben einige merkwürdige Bedingungen hervorgebracht, darunter diese: dass es möglich ist, einen Ruf allein durch die Tat des Absurden aufrechtzuerhalten.

Wenn man versucht, den Einfluss der kritischen Presse in den letzten Jahren so etwas wie eine gerechte Übersicht zu geben, muss man zugeben, dass sie mit ihrer Behandlung von George Meredith der Öffentlichkeit einen sehr beachtlichen und lobenswerten Dienst erwiesen hat. Viele Jahre lang arbeitete Meredith im Verborgenen, soweit es die breite Öffentlichkeit betraf. Hier und da gewann er einen leidenschaftlichen Bewunderer, und man kann sagen, dass er von Anfang an ein geeignetes Publikum fand, wenn auch nur wenige; aber seinen heutigen Ruf verdankt er zum großen Teil den Bemühungen großzügiger und aufgeklärter Kritiker, die das Publikum nicht ruhen ließen, bis es seinem Genie wenigstens Gehör geschenkt hatte. Er ist jetzt und schon seit einiger Zeit ein modischer Kult. Es ist unwahrscheinlich, dass er im weitesten Sinne jemals ein populärer Schriftsteller sein wird, denn die Masse der Romanleser ist ein müßiges und vergnügungssüchtiges Volk, und kein bloßer Müßiggänger und Vergnügungssüchtiger wird Meredith oft oder lange am Stück lesen. Das kleine Buch, das der Engel Johannes von Patmos gab und ihm befahl, es zu essen, war wie Honig im Mund, aber im Bauch war es bitter. Für den Leser, der sich zum ersten Mal an ihn wendet, bietet ein Buch von Meredith einen treffenden Kontrast zu der Rolle, die der Engel ihm präsentiert. Es ist schwer zu kauen, aber bei der Verdauung sehr sanft und stärkend. Die Leute, die ihn sofort mögen, die ihn vom ersten Bissen an genießen, sind selten. Hochintelligente sind immer selten. Ich persönlich gehöre nicht zu den wenigen Glücklichen. Ich lese eines von Merediths späteren Büchern zum dritten Mal, bevor ich mich ganz wohl damit fühle. Ich kann einen höchst befriedigenden Vergleich (für mich selbst) finden. Ein neues Buch von Meredith kommt zu mir wie ein Korb edler Weine. Ich kenne die Jahrgänge und freue mich. Ich mache mich an die Arbeit, den Korb zu öffnen. Er ist auf die ärgerlichste Art und Weise mit Schnüren und Drähten versehen, aber schließlich bekomme ich ihn auf. Das ist meine erste Lektüre. Dann ordne ich meine Flaschen im Keller an – Portwein, Burgunder, Hock, Champagner, Imperial Tokay; subtile und inspirierende Getränke, die nicht in gewöhnlichen Weinbergen angebaut werden und nach einer Etikettierung verlangen. Das ist meine zweite Lektüre. Dann setze ich mich hin und trinke meinen Wein, und das ist meine dritte Lektüre. Und von jedem Buch von Meredith habe ich einen Keller voll für ein ganzes Leben.

Angesichts einer Wohltat wie dieser ist man dankbar, aber es ist schade, dass ein großer Schriftsteller und ein begeisterter Leser durch vermeidbare Hindernisse voneinander getrennt werden. Es ist ganz richtig, dass sofortige Popularität kein Beweis für hohe Verdienste ist. Aber der wahre Genie ist schließlich derjenige, der dauerhaft die breiteste Öffentlichkeit anspricht.

Für Menschen mittleren und höheren Alters ist Belletristik ein Luxus. Ein Märchenbuch ist wie eine Pfeife. Es beruhigt und befriedigt, und es hilft, eine müßige Stunde zu vertreiben. Aber jüngere Leute finden echte Nahrung oder echtes Gift, wo ihre Älteren bloße Unterhaltung finden. Es gibt Hunderttausende junger Männer und Frauen, die das Gefühl haben, sie hätten gern eine klare Sicht auf die Dinge, die mehr oder weniger ernsthaft nach einem geistigen Standpunkt und einer Sichtweise suchen. Wenn es nach mir ginge, sollten sie alle Meredith lesen müssen, und das Buch, mit dem ich sie beginnen lassen würde, sollte „The Shaving of Shagpat " sein. Es ist in der Natur eines Handbuchs oder Führers für einen jungen Menschen mit Genie, das ist wahr, und wir können nicht alle Genies sein; aber es steckt genug menschliche Natur darin, um es für alle außer den Dummen nützlich zu machen. Inmitten seiner phantastischen Phantasmagorie verbirgt sich eine so gesunde, so erhabene, so weiblich-zärtliche, so männlich-starke, so durchdringende, scharfe und klare Sicht auf das Leben, dass es nicht leicht ist, einen Ausdruck für die Bewunderung zu finden, der zugleich angemessen und nüchtern ist. Oberflächlich betrachtet ist es fast so gut wie „Tausendundeine Nacht", und auf den ersten Blick glaubt man, die Fantasie sei außer Kontrolle geraten. Aber wenn man die Absicht einmal begriffen hat, findet man unter diesem verspielten Schaum aus scheinbarem Spaß und Ausgelassenheit eine sehr erstaunliche und tiefe Philosophie, und die ganze wilde Maskerade ist voller Bedeutung. Lesen Sie „Die Rasur von Shagpat ", ernsthafte junge Männer und Mädchen. In all den Bibliotheken gibt es nicht viel Besseres zur bloßen Unterhaltung, und wenn Sie sich für die reifen Schlussfolgerungen eines Gelehrten und Gentleman interessieren, der das ganze Spiel des Lebens besser kennt als jeder andere heute lebende Mensch, werden Sie sie dort vielleicht finden.

Aus sehr zuverlässiger Quelle habe ich erfahren, dass Meredith seine früheren Werke im Vergleich eher schlecht einschätzt und dass er ziemlich stark von dem Kritiker abweicht, der „The Ordeal of Richard Feverel" zu seinem Meisterwerk erklärt hat. Doch mir scheint es so, und in einer Hinsicht nimmt es tatsächlich einen hohen Stellenwert ein. Es ist bemerkenswert, dass es in der Literatur nur zwei oder drei wirklich männliche Darstellungen des „Lebens eines Mannes mit einer Magd" gibt, obwohl Liebe ein so wesentlicher Teil des allgemeinen menschlichen Lebens ist und kein Roman oder Theaterstück, das es ignoriert, große Erfolgschancen hat. Shakespeare hat uns eine solche Darstellung in „Romeo und Julia" gegeben, aber Shakespeare hat uns alles gegeben. Charles Reade hat uns in „Hard Cash" ein reines Mädchen gezeigt, das in reine Leidenschaft hineinwächst – ein Stück Wahrheit und Schönheit, das allein ihm einen glänzenden und bleibenden Namen verschaffen könnte. Und Meredith hat uns in „Feverel" Szenen jugendlicher Balz geboten, die über das Lob eines Schriftstellers wie mir hinausgehen. Die beiden jungen Leute auf ihrer magischen Insel gehören zu den real-idealen Figuren, die meinen Geist mit Süße verfolgen. Die Natur auf beiden Seiten ist jungfräulich. Sie flammt und zittert vor natürlicher Leidenschaft sowohl im Jungen als auch im Mädchen, und sie sind so rein wie ein Paar Gänseblümchen. Jeder Arbeiter in der Schule von Namby-Pamby hätte ihre Reinheit bewahren können. Jeder Schriftsteller des römisch-kerzenvulkanischen Stammes hätte ihre Feuer auf gewisse Weise aufstauen können. Aber für dieses besondere Werk musste Gott zuerst einen Gentleman erschaffen und ihm dann Genie geben.

Eine Besonderheit Merediths ist bemerkenswert. Er macht uns die innere Persönlichkeit seiner Figuren bekannt; er tut dies so vollständig, dass wir überzeugt sind, wir könnten ihr Verhalten unter bestimmten Umständen vorhersagen; und dann treten Umstände ein, unter denen sie etwas tun, was wir nie von ihnen geglaubt hätten, und wir müssen zugeben, dass ihr Schöpfer gerecht und richtig ist und dass es keinen Zweifel an ihm gibt.

Es gibt Ungereimtheiten in seinen Seiten, die krasser sind als alles, was wir uns außerhalb des wirklichen Lebens vorstellen können. Der durchschnittliche Künstler, der sich mit diesen Erscheinungen auseinandersetzt, ist ein Schauspiel, das Mitleid erweckt, so wie der durchschnittliche Mensch auf Blondins Drahtseil. Die kleinste Abweichung, die kleinste Unsicherheit des Standes, selbst ein Zweifel, und alles ist vorbei. Aber Meredith wankt nie. Er beweist das Unmögliche allein dadurch, dass er es aufzeichnet.

Er kennt keine Schrullen, Verrücktheiten oder Ismen. Er betrachtet die menschliche Natur mit einem Auge, das zugleich weit und mikroskopisch ist. Was als Stilfehler erscheint, sind auf die Spitze getriebene Tugenden. Er sagt auf einer Seite mehr, als die meisten Menschen in einem Kapitel sagen können. Die moderne Wissenschaft kann die Nährwerte eines ganzen Ochsen in einen sehr bescheidenen Behälter packen. Merediths beste Sätze haben genau diesen Verdauungsprozess durchlaufen. Er ist nicht für jedermanns Tisch geeignet, aber er ist ein Stolz und eine Freude für die erlesensten englischen Feinschmecker.

Von Meredith zu Hall Caine ist es vom Studium des Analytikers zur Gießerei der Bildhauerei; von der Kunst in kalter Ruhe zur Kunst in stürmischem Feuer. Auch hier ist eine Kraft am Werk, aber es ist Kraft in Spannung und nicht in Ruhe. Meredith ist nicht sehr bewegt. Er sympathisiert , aber er sympathisiert aus dem Kopf. Sein Herz ist der Welt gegenüber aufrichtig, aber es ist kühl. Der Mann, mit dem wir es jetzt zu tun haben, hat leidenschaftliches Mitgefühl. Er ist heißherzig und betrachtet die Bewegung der Menschheit nicht nur, indem er sie versteht, analysiert und mag – und ihr Rechnung trägt. Er ist stürmisch und drängend, kühn und ungestüm, begierig darauf, ein großes Wort zu sagen. Seine Vorstellungen erschüttern ihn. Sie sind alle grandios und gewaltig. Die großen Leidenschaften sind in ihnen wach – Habgier, Lust, Hass, Liebe, gottgleiches Mitleid, höchster Mut, niedere Angst. Sein ganzer Geist ist auf das Heroische ausgerichtet. Er bemüht sich, mit der Wirklichkeit in Kontakt zu bleiben, und unternimmt viele Einfälle in sie, aber die Romantik entreißt ihn wieder und beansprucht ihn für sich. Sein angeborenes und unausrottbares Konzept eines Kunstwerks in der Fiktion ist eine Geschichte, die die Seele erschüttern wird. Diese angeborene Leidenschaft für das Große und Großartige in spirituellen Dingen ist immer streng einem moralischen Zweck untergeordnet. Dies ist der Grund für seinen Einfluss auf die englischsprachige Bevölkerung, der derzeit wahrscheinlich tiefer und umfassender ist als der jedes anderen lebenden Schriftstellers.

In dem, was ich jetzt sagen werde, geht es mir nicht um die kritische Anpassung relativer Kräfte, sondern einfach um eine Frage des Temperaments. Sie können ein Dreieck zeichnen und an einem seiner Enden Meredith platzieren, an einem anderen Stevenson und an einem anderen Hall Caine. An einem Ende haben Sie einen Künstler, dessen Methoden fast rein intellektuell sind, am nächsten haben Sie eine Verkörperung sympathischer Empfänglichkeit und am dritten einen Mann, dessen Kräfte fast ausschließlich emotional und dynamisch sind. Stevensons wichtigste literarische Motivation bestand darin, etwas so gut auszudrücken, wie es nur möglich war. Hall Caines Hauptantrieb ist ein feuriger Impuls zu einer moralischen Warnung.

Von den frühesten Phasen von Hall Caines literarischer Karriere bis heute hat sich sein Impuls nicht geändert, aber er hat einen so stetigen Fortschritt in der Handwerkskunst gemacht, wie ihn kein Mensch machen könnte, der seine Arbeit nicht ernsthaft ernst nimmt. Die Fehler seines ersten Stils sind noch vorhanden, aber sie sind gemildert. Er hat den Fehler seiner Qualität. In jedem seiner Bücher strebt er nach einer zunehmenden Betonung der Leidenschaft, einem anhaltenden Crescendo; eine volle und stetige Brise zu Beginn und dann ein Sturm, ein Unwetter, ein Tornado. Die Geschichte ist immer mit dieser Absicht auf emotionales Wachstum und einen Höhepunkt hin aufgebaut. Manchmal lässt er uns die Anstrengung sehen, die diese gewaltige Aufgabe ihm auferlegt, aber in seinen späteren Werken immer seltener. Die natürliche Versuchung geht in Richtung einer klangvollen und eindringlichen Beredsamkeit, und er vergisst gelegentlich noch immer, dass er die Katastrophe, die er geschaffen hat, mit Leichtigkeit ihren eigenen Eindruck hinterlassen lassen könnte. Die künstlerische Anforderung an die Art von Arbeit, zu der ihn sein Instinkt hinzieht, ist größer als bei jeder anderen. Es geht einfach darum, gleichzeitig leidenschaftlich in seinen Zielen und eiskalt in seiner Selbstkritik zu sein.

Abgesehen von Meredith, der ein ganz *eigener Typ ist*, und Rudyard Kipling, dessen Eigenschaften später behandelt werden, trägt Hall Caine weniger die Handschrift seiner Vorgänger als alle seine Zeitgenossen. Sein Werk ist aus ihm selbst herausgewachsen. Er hatte ein Wort zu sagen, und er hat es gesagt. Bis jetzt hat er mit jedem Buch an Kraft gewonnen, ist Herr seiner eigenen Vorstellungen und seiner selbst geworden. In „Ein Sohn Hagars" hat er dem Leser seine Geschichte aufgezwungen, ohne dass es möglich gewesen wäre; aber in seinen neueren Werken ist kein solcher Makel wie die fortdauernde Anwesenheit eines Londoner Schurken in der Gestalt eines Mannes aus Cumberland in dessen Heimatdorf zu sehen. Es ist bemerkenswert, dass der Erzähler selbst in diesem Teil seiner Geschichte nicht das geringste Anzeichen einer Neigung zeigt, sich nach einem der zahlreichen Zäune zu strecken, die vor ihm liegen. Er nimmt sie alle gelassen hin, und der Leser geht wohl oder übel mit ihm, vielleicht protestierend, aber hilflos im Griff des Autors mitgewirbelt. Diese Fähigkeit, sich zu trauen, ist manchmal ein wesentlicher Bestandteil der Kunst des Geschichtenerzählers, und Hall Caine besitzt sie im Überfluss, nicht nur in der gelegentlichen Auseinandersetzung mit Unwahrscheinlichkeiten, sondern in jener viel erhabeneren und bewundernswerteren Form, in der sie es ihm ermöglicht, den umwälzenden Emotionen des Geistes entgegenzutreten und Szenen von gewaltiger Konzeption und nicht weniger gewaltiger Schwierigkeit zu einem legitimen Abschluss zu bringen. In den Köpfen vulgärer und sorgloser Leser sind die Mängel, die sich am schwersten von dieser Kunstform trennen lassen, so viele zusätzliche Schönheiten, so wie die Überbetonung eines tragischen Schauspielers genau das ist, was die Galerie am besten anspricht. Aber Hall

Caine wendet sich nicht an die Vulgären und Sorglosen. Er ist bestrebt, seinen Ruf seinen Kollegen und der Nachwelt zu hinterlassen. Mit jedem Jahr seiner reifenden Kraft ist seine Fähigkeit zur Selbstbeherrschung gewachsen. Wenn sie in ihm erwachsen geworden ist, wird nichts als schön und gut sein. Es hat zu seiner Zeit keinen Mann gegeben, der eine tiefere Ehrfurcht vor seiner Arbeit gezeigt oder seine Beherrschung derselben konsequenter gesteigert hat. Seine Methode ist umfassend und edel, im Einklang mit seinem Plan. Er hat uns das Recht gegeben, von ihm zu erwarten, dass es uns immer besser geht, und er kann nur in die angegebene Richtung Verbesserungen herbeiführen.

V.
LEBENDE MEISTER – RUDYARD KIPLING

Ich war „oben in den Hintervierteln" von Victoria, als ich auf einige verstreute Exemplare der Wochenausgabe des „Melbourne Argus" stieß und mir bewusst wurde, dass wir einen neuen Geschichtenerzähler mit einer ganz eigenen Stimme und Physiognomie unter uns hatten. Der „Argus" hatte aus einer Zeitschrift im fernen Indien ein Gedicht und eine Geschichte kopiert, beide ohne Unterschrift und mit derselben Handschrift. Ein Jahr später kam ich nach England zurück und fand alle über „den Mann aus dem Nirgendwo" reden, der London gerade im Sturm erobert hatte. Rudyard Kiplings bestes Werk lag noch nicht vor uns, aber es gab keinen Zweifel an der Qualität des Neuankömmlings, und die einzige mögliche Frage war, ob er gekommen war, um zu bleiben. Diese Frage wurde nun zufriedenstellend beantwortet. Der neue Mann von vor einem halben Dutzend Jahren ist eine von Englands Eigenschaften und nicht die, auf die es am wenigsten stolz ist. Etwa in der Mitte seiner kurzen und brillanten Karriere, von seinem Auftauchen bis heute, begannen die Leute zu befürchten, dass er seinen Sack geleert hatte. Teilweise, weil er den Reiz des Neuen verloren hatte, teilweise, weil er zu viel tat, um immer in Bestform zu sein, kam eine Zeit, in der wir dachten, wir würden ihn auf einen Platz mit dem Ruck sinken sehen.

Plötzliche Popularität bringt viele ernste Gefahren mit sich, aber die schlimmste von allen ist die Versuchung, nachlässige und unreife Arbeit abzuliefern. Dieser Versuchung erlag der neue Mann, aber nur für eine Weile. Wie der aufrichtige Freund von Lady Clara Vere de Vere erkannte er die Falle und zog sich zurück. Aber zu der Zeit, als er, anstatt das Brot des Lebens in großzügigen Stücken auszuteilen, anfing, uns den Kehricht des Korbes zu geben, schrieb ich eine Reihe von Versen, die ich „Die Ballade von Rudyard Kipling" nannte. Ich habe sie nie gedruckt, weil sie zu der Zeit schon ziemlich fertig war.

Kiplings Werk war nicht nur wieder so gut wie früher, sondern wirkte auch strahlender und schöner als zuvor, und das arme Ding, so wie es war, hatte den Charakter einer Satire. Ich wage es, die einleitenden Verse hier niederzuschreiben, da sie das Gefühl ausdrücken, mit dem mindestens ein englischer Romanautor seinen ersten Auftritt begrüßte.

ICH

Oh, wir sind Meisterseeleute, die die schnaubenden Meere befahren,

Die rotgezupften Seeleute, die sich der Gefahr des Sturms stellen

Aber wir sind alt und erschöpft und kalt und weit entfernt von Ruhe und Frieden,

Und nur Liebe und Brüderlichkeit können unsere müden Herzen warm halten.

II

Wir waren eine edle Gesellschaft in noch nicht lange vergangenen Tagen,

Und mit mächtigen Schiffen segelten unsere Ältesten zu allen Küsten der Erde.

Männer der Anbetung und unerschrockene Seelen, die weder Meer noch Himmel fürchteten;

Doch Gottes Hand beruhigte die tapferen Herzen, und die Kapitäne segeln nicht mehr.

Drittes Kapitel

Und für eine Weile , obwohl wir mutig und geschickt in unserem Handwerk sind,

Wir segelten nicht auf einer Galeone, sondern arbeiteten alle in Booten,

Kleines Boot, nur mit einer Person bemannt; doch wir machten viele Reisen,

Obwohl wir nur mit dürftiger und kleiner Ladung von Hafen zu Hafen krochen.

IV

Aber an einem Tag voller Wunder kam ein Licht auf die Tiefe,

Eine königliche Pracht , stolz mit Segeln und großzügigem Kanonendonner;

Sie ging an uns vorbei und wir starrten sie mit offenem Mund an.

Ihre hohen Bögen waren steil,

Und sie trieb mit einem Gewicht von zahllosen Tonnen auf den tiefen Wassern.

V

Ihr Gefährt war seltsam, ihr Name unbekannt, wir wussten nicht, woher sie kam,

Aber auf der Flagge an ihrer Spitze steht „Die Trommeln von Vorder- und Achterdeck.“

Und – ich spreche für einen – mein Atem ging schwer und mein Puls schlug hart und angespannt,

Und wir jubelten mit Tränen der herrlichen Freude beim Anblick dieses prächtigen Fahrzeugs.

Sie riss uns vorbei; ihr Herr kam und sprach mit uns von der Seite;

Wir kannten unseren Ältesten, obwohl sein Bart spärlich, aber voll gewachsen war;

Sie marschierte durch den Schaum nach Hause, bei günstigem Wind und Gezeiten,

Und während wir wie verrückt jubelten , segelte er los, ein König, um die Seinen zu holen.

Manche Menschen werden reich geboren, manche haben Glück und manche haben sowohl Glück als auch Reichtum. Kipling ist einer der letzten. Die Natur hat ihn mit ungewöhnlichen Eigenschaften ausgestattet, und die Umstände haben ihn in eine Sphäre gebracht, in der er diese Eigenschaften am glücklichsten entfalten konnte. Es scheint seltsam, dass der große Schatz, den er uns eröffnet hat, so lange ungenutzt und unbekannt blieb. Seine Indianerbilder kamen uns wie eine Offenbarung vor. So ist es immer, wenn ein wahrhaft genialer Mann der Welt erscheint. So war es, als Scott Männern und Frauen die Juwelengruben der Romantik zeigte, die auf den Haupt- und Nebenstraßen des heimeligen Schottlands lagen. So war es, als Dickens die Cockney-Heimat allen Menschen offenbarte. Meg Merrilies , Rob Roy und Edie Ochiltree waren alle *da* – das Wilde, das Romantische und das Humorvolle standen vor der Tür von Millionen von Männern, bevor Scott sie sah. In London gab es in den frühen Tagen von Dickens Horden fähiger Schriftsteller, die nach etwas Neuem lechzten. Keiner von ihnen sah Bob Cratchit, Fagin oder die Marquise, bis Dickens sie sah. So hatte der britische Tommy viele Jahre in Indien gelebt, und die Dschungeltiere waren dort, und das Government House und seine Gesellschaft waren dort, und fähige Männer durchstreiften das Land, waren sich seines Charmes, seiner Wunder und seiner Abgeschiedenheit bewusst, und doch erkannten sie es nicht richtig. Schließlich, wenn tausend Füße auf eine Sache von unschätzbarem Wert getreten sind, kommt ein Zeitungsmann vorbei, der die trockenste Art von Handwerkerarbeit verrichtet, gefesselt von einer Plackerei, die so fade und öde ist wie jede andere im Leben, und er sieht, was noch kein Mensch vor ihm gesehen hat, obwohl es seit Jahren klar zu sehen war. Durch Hohn, Entmutigung und Schmähung poliert er seinen Schatz, in schmerzlichen Stunden, die er von unangenehmer Arbeit losgerissen hat , und schließlich bringt er ihn dorthin, wo er gesehen und als das erkannt werden kann, was er ist.*

*Ich habe aus bester Quelle erfahren, dass Herr Kipling

betrachtet seine frühen und unerkannten Tage in Indien mit viel

freundlichere Augen, als dies vermuten lässt. Es kann sein

dachte, dass ich, da ich dies weiß, die*

Nur Genies besitzen das sehende Auge. In Großbritannien gibt es heute ein Dutzend hervorragend begabter Schriftsteller, die darauf trainiert sind, zu beobachten und der Beobachtung ihre vollste künstlerische Entfaltung zu verleihen; und sie alle lechzen nach etwas Neuem. Das Neue liegt ihnen direkt vor der Nase. Sie sehen und berühren es jeden Tag. Wenn ich es finden könnte, würde mein Name in einem Jahr über die Meere segeln und ich wäre eine große Persönlichkeit. Aber ich werde es nicht finden. Keiner der heute bekannten Menschen wird es finden. Es ist immer der Unbekannte, der solche Entdeckungen macht. Er wird mit der Zeit kommen, und wenn er kommt, werden wir staunen und bewundern und sagen: „Wie neu! Wie wahr!" Nun, gerade in dieser Sache mit Tommy Atkins, dessen zahllose Porträts so viel wie alles andere dazu beigetragen haben, Kipling dem englischen Volk beliebt zu machen – viele wissen, dass ich in meiner eigenen törichten Jugend zur Armee ging. Ich lebte mit Tommy zusammen. Ich kämpfte und stritt und trank und übte und marschierte, und ging mit ihm auf die Jagd , und machte Feldübungen und hatte CB mit ihm. Später wurde ich Romanautor, und ich habe nie auch nur im Traum daran gedacht, Tommy einen Platz in meinen Seiten zu geben. Dann kommt Kipling, der ihn in einer Hinsicht nicht halb so gut kannte, ihn in einer anderen jedoch tausendmal besser kannte, und er verleiht ihm einen edlen und schönen und verdienten Ruf; er zeigt den Mann in seinem Militärgewand und bringt uns zum Lachen und Weinen und lässt uns vor Gefühlen jubeln. Es gab einen Mann in New South Wales – einen Schafhirten – der völlig verrückt wurde, als er erfuhr, dass der schwere schwarze Staub, der seine Weide verunreinigte, aus Zinn bestand, und dass er jahrelang aufgewacht und geschlafen hatte, ohne das riesige Vermögen zu entdecken, das ihn umgab. Ich werde nicht verrückt werden, wenn ich es vermeiden kann, aber ich denke, es ist ziemlich hart für mich, dass ich nicht das einfache Genie hatte, zu erkennen, was in Tommy steckte.

Es wurde schon viel über die gelegentliche Grobheit von Kiplings Seiten gesagt. Es gibt Leser, die das anstößig finden, und sie haben jedes Recht, ihre Gefühle auszudrücken. Ich gestehe, dass ich ein- oder zweimal erschrocken bin, aber nie auf eine völlig unangenehme Art und Weise – nie so erschrocken wie „Jude the Obscure". Der arme Captain Mayne Reid, der noch immer von dem einen oder anderen Schuljungen geliebt wird, schrieb ein Vorwort zu einem seiner Bücher – ich glaube „The Rifle Rangers", aber es ist Jahre her, dass ich es gesehen habe –, um seine Verteidigung für die Einführung eines gelegentlichen Fluches oder eines gottlosen Schimpfworts in der

Unterhaltung seiner Männer der Prärie vorzubringen. Er berief sich auf Notwendigkeit. Es war unmöglich, seine Männer ohne sie darzustellen. Und er argumentierte, dass ein Eid den Geist nicht beschmutzt „wie die anhaftende Unmoral einer unkeuschen Episode". Die Mehrheit der Engländer wird dem galanten Captain zustimmen. Kipling ist manchmal grob und dreist, aber er ist immer sauber und ehrlich. Bei ihm gibt es kein hermaphroditisches Verlangen nach sexueller Erregung. Er ist zu sehr Mann, um sich um so etwas zu kümmern.

Was für ein Wohltäter ein ehrlicher Lachermacher ist! Seit Dickens hat es niemanden gegeben, der unsere Lungen so füllt wie Kipling. Ist es nicht besser, wenn das Publikum „My Lord the Elephant" und „ Brugglesmith " hat, über die es lauthals lachen kann, als wenn es wie vor acht oder neun Jahren schwach über die Scherzbücher kichert, die der Yankee- Humor über die englische Dummheit hervorgebracht hat? Dieser Krug voll Cockney-Himmelblau mit einem schwachen Schuss Mark Twain darin, der „Drei Mann in einem Boot" hieß, war kein heiteres Getränk für einen geistigen Feiertag, aber wir armen Modernen wurden nicht besser, bis Kipling kam. Wir haben das Recht, dem Mann dankbar zu sein, der uns zum Lachen bringen kann.

Was jedem auffällt, der Kipling liest – und wer tut das nicht? – ist die wirklich erstaunliche Bandbreite seines technischen Wissens. Er ist mir oft völlig überlegen, aber ich gehe davon aus, dass er genau ist, weil ihm niemand auf die Schliche kommt, und das ist etwas, was Spezialisten so gern tun, dass wir sicher sein können, sie wären in Wolken gehüllt, wenn er angreifbar gewesen wäre. Manchmal macht er den Eindruck, arrogant zu sein, was diesen speziellen Wissensschatz angeht. Aber er legt nirgends Wert darauf, dem Leser seine Bescheidenheit aufzufallen, und seine Selbstsicherheit ist nur die Kehrseite seiner besten literarischen Tugend. Sie kommt von der Klarheit und Bestimmtheit, mit der er die Dinge sieht. Es gibt keine Wolken an den Rändern seiner Wahrnehmungen. Sie sind alle klar und deutlich . Dinge, die ein solcher Mann beobachtet, prägen das Denken, und es ist natürlich, dass er das, was er sieht, mit solch offensichtlicher Präzision und Vollständigkeit dogmatisiert .

Ein neuerer Autor, der anonym bleiben möchte, aber von einem respektablen Medium aus spricht, hat uns erzählt, dass die Kurzgeschichte die höchste Form ist, in die jeder Ausdruck der Kunst der Fiktion gegossen werden kann. Das sieht für mich sehr nach Unsinn aus. Ich kenne keine Kurzgeschichte, die es mit „Vater Goriot ", „Vanity Fair" oder „David Copperfield" aufnehmen könnte. Die Kurzgeschichte hat ihren eigenen Charme und stellt ihre eigenen Anforderungen. Was diese Anforderungen sind, können nur die Autoren wissen, die sich ihrer Tyrannei unterworfen haben. Der gewöhnliche Mensch, der sich an dieser Kunstform versucht, stellt früh fest, dass er seine geistigen Taschen leert. Kiplings Reichtümer in dieser Hinsicht schienen endlos zu sein, und niemand vor ihm hat so viel ausgegeben. Man muss hier jedoch bedenken, dass er in vielen Beispielen seiner Macht auf diesem Gebiet rein episodisch vorgegangen ist, und die Entdeckung oder Erschaffung einer Episode ist eine viel einfachere Sache als die Entdeckung oder Erschaffung einer eigentlichen Geschichte, die eine Sammlung von Episoden ist, die in dichter Abfolge angeordnet sind und zu einer Katastrophe führen, die tragisch oder komisch sein kann, je nach Thema.

Arbeit eines Schriftstellers muss man seine Bandbreite berücksichtigen. Kiplings Emotionen reichen von tiefer Ernsthaftigkeit bis zu überschwänglichem Lachen; und sein Gespür für Charaktere ist absolut fest und sicher, ob er es mit Mrs. Hawksbee oder Dinah Shadd zu tun hat; mit einem Feldoffizier oder mit Mulvaney, Ortheris und Learoyd; mit dem Forstinspektor oder mit Mowgli. Er kennt die Denkweisen aller, und er kennt die Sprachtricks aller, die äußere Ausstattung und die täglichen Gewohnheiten aller. Sein Verstand scheint mit einer Kombination aus einer Kamera und einem Schallplattenrekorder ausgestattet zu sein; und die Bewachung dieses seltenen geistigen Mechanismus ist ein Geist katholischer Zuneigung und Verständnisses.

Schließlich ist er ein Forscher, einer der ursprünglichen Entdecker, einer der Männer, die uns neue Gebiete eröffnen. Auf ihn wartete eine Offenbarung. In puncto Originalität ist er seinen englischen Kollegen ebenso meisterhaft wie Stevenson ihnen in handwerklicher Vollendung voraus war.

VI.
Unter französischer Ermutigung – Thomas Hardy

In den letzten 60 Jahren hat ein außerordentlicher Drang nach Freiheit in der künstlerischen Darstellung des Lebens einige unserer englischen Schriftsteller berührt. Thackeray beklagt in „Pendennis", dass seit Fielding kein englischer Romanautor „es gewagt hat, einen Menschen zu zeichnen". Dr. George Macdonald flüstert in seinem „Robert Falconer" in einer Art Bühnenabseits *seinen* Wunsch, es sei möglich, bei der Darstellung des Charakters des Barons von Rothie , der von Beruf Verführer ist, sowohl anständig als auch ehrlich zu sein. Das vielleicht hervorstechendste Merkmal Thackerays war, dass er ein Gentleman war und dass seine gute Erziehung und seine Männlichkeit im Wesentlichen dem englischen Muster entsprachen. Dr. Macdonalds intensivster Drang gilt der Reinheit des Lebens als unabdingbare Voraussetzung für jene Gemeinschaft mit der Ewigen Vaterschaft, die er mit so viel Ernsthaftigkeit und Charme predigt. Dass zwei dieser Männer empfanden, dass ihre Arbeit auf einer Seite einer schmerzhaften Einschränkung unterworfen war, ist bedeutsam, aber es ist eine Tatsache, die von den Befürwortern der alten Methode und den Anhängern der neuen gleichermaßen als Argument verwendet werden kann. Es ist vollkommen richtig, dass sie die Einschränkung spürten, aber es ist ebenso richtig, dass sie sie respektierten und entschlossen waren, sie nicht zu durchbrechen. Ihre Fälle werden hier nicht als Hilfe für ein Argument für die eine oder andere Seite zitiert, sondern einfach um zu zeigen, dass das Argument selbst nichts Neues ist – dass die Frage, wie weit Freiheit erlaubt ist, in den Köpfen ehrlicher Schriftsteller debattiert und auf eine Weise entschieden wurde, lange bevor sie von einer anderen Gruppe ehrlicher Schriftsteller debattiert und auf eine andere Weise entschieden wurde.

Es gab nie ein Zeitalter, in dem unverblümte Ehrlichkeit unanständig war. Es gab nie ein Zeitalter, in dem Lüsternheit in irgendeiner Form nicht mehr unanständig war. Es gab nie ein Zeitalter, in dem die Mode unverblümter Ehrlichkeit nicht eine scheinbare Entschuldigung für Lüsternheit bot; und es ist diese Tatsache, dass Freiheit in der künstlerischen Darstellung der sexuellen Probleme unweigerlich zu Zügellosigkeit geführt hat, die den Künstler in vielen aufeinanderfolgenden Zeitaltern der Literatur zur Zurückhaltung gezwungen und ihn zufrieden gemacht hat, sich an einen strengen Puritanismus zu halten. Im Schlag des ewigen Pendels des Geschmacks scheint es vorbestimmt, dass der Puritanismus so sehr puritanisch wird, dass die Kunst ihrer Fesseln überdrüssig wird und dass die Freiheit wiederum anstößig wird und die Kunst durch einen übermächtigen Instinkt dazu zwingt, zum Puritanismus zurückzukehren.

Frankreich hat bei den jüngsten Protesten gegen die Beschränkungen, die der moderne Geschmack der Kunst auferlegt, die Führung übernommen. Es kann als Tatsache anerkannt werden, dass diese Beschränkungen stark empfunden wurden, denn es ist offensichtlich, dass es keine Wahrscheinlichkeit gab, dass sie gewaltsam gebrochen werden könnten, bis sie zu scheuern begannen. Der Hauptapostel der neuen Bewegung hin zu völliger Freiheit ist natürlich Emile Zola. Nachdem er viele Jahre lang ungläubiges Erstaunen und Abscheu hervorgerufen hat, wird er heute fast allgemein als ehrlicher und ehrenhafter Künstler und als großer Meister seines Fachs anerkannt . Niemand, der auch nur ein bisschen unterrichtet ist, wagt es mehr zu sagen, dass Zola unanständig ist, weil er Unanständigkeit liebt oder Freude an der Betrachtung des Schmutzigen und Obszönen hat. Wir sehen ihn, wie er wirklich ist – ein Pessimist in der Menschheitswelt – traurig und unterdrückt und verbittert von der Galle eines hoffnungslosen Mitgefühls mit der leidenden und entstellten Menschheit.

Ein englischer Künstler, den man in der Sprache der zeitgenössischen Kritik ohne Übertreibung als großartig bezeichnen kann, hat sich (ziemlich spät im Leben für einen so starken Abschied) entschieden, sich der neuen Schule anzuschließen. Dass seine Ambitionen durchaus ehrenhaft sind , zu leugnen, wäre reine Eitelkeit der Ungerechtigkeit. Dass seine neuen Methoden in sehr ungünstigem Kontrast zu seinen alten stehen, dass er das Gewicht seiner Autorität einer Bewegung verleiht, die voller Unheil ist, dass er, indem er in aller Aufrichtigkeit einem künstlerischen Impuls folgt, seiner eigenen Kunst im Besonderen und der englischen Kunst im Allgemeinen einen deutlichen Bärendienst erweist, sind für mich so viele tief verwurzelte persönliche Überzeugungen; aber ich wage nicht vorzutäuschen, dass sie mehr sind. Mr. Hardy ist in seiner Überzeugung, dass er Recht hat, genauso aufrichtig wie ich und andere seiner Kritiker in unserer Überzeugung, dass er Unrecht hat. Die Frage muss leidenschaftslos und juristisch ausdiskutiert werden, wenn sie überhaupt angegangen wird. Sie kann nicht durch einen Appell an persönliche Gefühle einer der beiden Seiten geklärt werden. Aber innerhalb der Grenzen, die mir hier gesetzt sind, ist es unmöglich, dieser Diskussion gerecht zu werden, und es wäre tatsächlich kaum möglich, auch nur alle Einzelheiten darzulegen.

Ich bin daher gezwungen, mich mit einer temperamentvollen Meinungsäußerung anstelle einer juristischen zu begnügen und lediglich zu plädieren, dass die Argumente gegen mich anerkannt und respektiert werden, obwohl ich derzeit keine Gelegenheit habe, sie zu rekapitulieren und zu bestreiten. Uns von der alten Schule scheint es also – um nur als Anwalt *ex parte zu sprechen* –, dass es ein wesentlicher Teil der Pflicht des Romanautors ist, harmlos zu sein. Das scheint den Männern des Cayenne-Pfeffer-Streuer-Glaubens natürlich eine sehr milchige Art von Proklamation zu sein, aber für uns ist es eine Angelegenheit von ernster Bedeutung. Ich für meinen Teil habe immer gedacht, dass der Romanautor die letzten fünf Worte jener Passage aus „Der Sturm" gut als sein Motto nehmen könnte, wo wir lesen: „Diese Insel ist voller Geräusche, Töne und süßer Melodien, die *Freude bereiten und nicht wehtun!"* So einfach das Motto auch scheint, es wird sich als ziemlich breitgefächert erweisen. Als Reade sich gegen Gefängnismissbräuche und den Missbrauch privater Anstalten auflehnte , als Dickens das Kanzleirecht; wie es zu seiner Zeit galt, in den Wind schlug oder als Thackeray Snobismus und Selbstsucht in der Gesellschaft geißelte, bewegten sie sich alle innerhalb der Grenzen dieser Regel. Wir erleben eine Freude, die nicht schmerzt, sondern im Gegenteil absolut stärkend und inspirierend ist, wenn die Satire ihre Peitsche auf den entblößten Rücken der Heuchelei oder des grausamen und vorsätzlichen Lasters schwingt. Wir erleben eine Freude, die nicht schmerzt, sondern im Gegenteil die ganze Flut der Gefühle in uns erfrischt, wenn ein wahrer Künstler sich wahrhaftig mit den Sorgen und Gebrechen unserer Art beschäftigt. Es als unsere Absicht zu bezeichnen, Freude zu bereiten und nicht zu verletzen, ist kein bloßes Bekenntnis zu einem künstlerischen Grundismus. Es ist die Verkündung dessen, was in unseren Augen die einfache Wahrheit ist, nämlich dass Belletristik eine freudige, inspirierende, mitfühlende und hilfreiche Kunst sein sollte. Es gibt bestimmte Fragen, deren öffentliche Diskussion wir absichtlich vermeiden. Es gibt bestimmte Charakteräußerungen, deren Zurschaustellung wir für so etwas wie ein Verbrechen halten.

Mr. Hardy würde mit vollkommen offensichtlicher Angemessenheit argumentieren, dass er nicht für „die junge Person" schreiben möchte. Aber ich antworte, dass er nicht anders kann. Er kann sich sein Publikum nicht aussuchen. Belletristik spricht jeden an, und Belletristik, die so robust, so feinfühlig und bezaubernd ist wie seine, findet ihren Weg in alle Hände. Wenn ein Mann einen Saal belegen und offen verkünden kann, dass er beabsichtigt, dort „nur zu Männern" zu sprechen, wird ihm vernünftigerweise ein gewisser Spielraum eingeräumt. Wenn er seinen Karren auf dem Dorfplatz aufstellt und mit den Jungen und Mädchen des Dorfes in Hörweite spricht, wird er, wenn er ein anständiger Kerl ist, die Behandlung bestimmter Themen vermeiden.

Um das auffälligste Beispiel zu nehmen: In „Jude the Obscure" beschäftigt sich Mr. Hardy sehr ausführlich mit den Gefühlen und Gründen, die eine junge Frau bewegen, wenn sie beschließt, nicht mit ihrem Mann zu schlafen, wenn sie beschließt, mit ihrem Mann zu schlafen, wenn sie beschließt, mit einem Mann zu schlafen, der nicht ihr Mann ist, und wenn sie beschließt, nicht mit dem Mann zu schlafen, der nicht ihr Mann ist. Nun, all das ist für den geistig gefestigten und ausgeglichenen Leser unwichtig. Zum einen ist es nicht sehr interessant, und abgesehen von der Tatsache, dass es aus handwerklicher Sicht erstaunlich gut gemacht ist, wäre es überhaupt nicht interessant. Mr. Hardy bietet es als Temperamentsstudie an. Sehr gut. Es ist eine ausgezeichnete Temperamentsstudie, aber es langweilt. Das Thema ist nicht groß genug, um den darauf verwendeten Aufwand wert zu sein. Hier haben wir ein hysterisches, verblendetes und verwirrtes kleines Mädchen, das sich nicht entscheiden kann, was richtig und was falsch ist, und das dem Impuls des Augenblicks erliegt, sei er psychisch oder physisch. Ich glaube nicht, dass es viele Menschen wie sie gibt. Ich glaube nicht, dass es aus der allgemeinen menschlich-natürlichen Sicht sehr wichtig ist, wie sie sich entscheidet. Aber eines bin ich mir sicher: Je mehr diese Art von kleiner Monstrosität öffentlich analysiert, seziert und aufgebauscht wird, desto mehr werden ihre Krankhaftigkeiten in ihr zunehmen und desto unerträglicher wird sie im wirklichen Leben wahrscheinlich werden. Mr. Hardys Arbeit in diesem Bereich ist ein direkter Anreiz für das Studium der Hysterie als Kunstform bei Frauen, die von Natur aus dazu neigen. Eine der schlimmsten Gefahren, denen Frauen ausgesetzt sind, ist die der hysterischen Selbsttäuschung. Der gesunde Menschenverstand, mit ihnen umzugehen, wenn sie auf diese Weise leiden, besteht darin, ihre Symptome freundlich und sanft zu ignorieren, bis der gesunde Menschenverstand wieder die Herrschaft übernimmt. Sie glauben zu machen, dass ihre Gefühle der Untersuchung durch einen großen Analytiker des menschlichen Herzens würdig sind, bedeutet, ihre krankhaften Versuchungen zu verstärken und diese Versuchungen letztlich unwiderstehlich zu machen. Der eine Typ Mensch, den „Jude the Obscure" zwangsläufig am stärksten ansprechen muss, ist der Typ Mensch, der in diesem Buch beschrieben wird, und die Tendenz des Buches geht unweigerlich in Richtung der Entwicklung und Vermehrung des beschriebenen Typs. Dies ist der einzige Zweck, dem das Buch dienen kann, abgesehen von der Tatsache, dass es uns Mr. Hardys Spezialwissen über eine gefährliche und unangenehme Form von Geistesstörung offenbart. Aber es ist nicht die Aufgabe des Arztes, Krankheiten zu verbreiten, und jede Abhandlung über Hysterie, die in eine fesselnde populäre Form gebracht wird und Hysterie als eine interessante und romantische Sache erscheinen lässt, wird die Krankheit so sicher verbreiten, wie ein Funke Schießpulver entzündet. Dies ist zumindest keine reine Meinungssache, sondern eine solide wissenschaftliche Tatsache, die kein Student dieser Krankheit, die Mr. Hardy so meisterhaft behandelt hat, bestreiten wird. In dieser Hinsicht ist das Buch also ein Infektionsherd, und dass der Autor von „A Pair of Blue Eyes" es geschrieben hat, ist Grund für Erstaunen und Trauer zugleich. Das heißt, es ist für mich und für diejenigen, die so denken wie ich, ein Grund für Erstaunen und Trauer. Es gibt eine große und wachsende Gruppe von Autoren und Lesern, denen es ein Grund für freudige Glückwünsche ist. Es ist eine der Spielregeln, die wir jetzt spielen, jede ehrliche Überzeugung zu respektieren.

Über Mr. Hardy bleibt aus rein künstlerischer Sicht wenig Zeit zu sprechen. Lassen Sie mich zunächst darlegen, was ich tadelnd sagen soll, nur um am Ende einen süßen Nachgeschmack zu hinterlassen. Selbst aus seiner eigenen Sicht – jenem gepriesenen „Gespür für die überwältigende Traurigkeit des modernen Lebens", das die Bewunderer seines neuesten Stils fesselt – ist es möglich, die epische Tafel des Kummers auszubreiten, ohne darauf einen Platz für Bruchstücke der schweinischen Anatomie zu finden, die nur in streng wissenschaftlicher oder ganz und gar rüpelhafter Sprache benannt werden können. Aber es scheint dem neuen Realismus notwendig, dass sein Anhänger in der Lage sein sollte, für die Lektüre von Herren und Damen über Dinge zu schreiben, die er in Gegenwart von beiden nicht mündlich zu erwähnen wagte; damit das, was ein betrunkener Kutscher zu Recht in den Mund einer Dame sagen würde, von einem Gelehrten und Weisen ehrenvoll gedruckt werden kann, damit es von einer Dame gelesen werden kann. Früher war man anderer Meinung, aber ich argumentiere hier nicht gegen den Realismus *an sich*, sondern gegen die unkünstlerische Einführung grober Episoden. Jeder Leser von Mr. Hardy wird verstehen , was ich meine, und die Passage erscheint mir grundlos und unnütz anstößig.

Um zu weniger unangenehmen Themen zu kommen, bei denen man, wenn man dennoch Missbilligung ausdrückt, dies mit einiger Eleganz tun kann: Eine der wenigen Einschränkungen von Mr. Hardys großem Charme als Schriftsteller liegt in seiner Tendenz, seine Seiten mit Details zu überladen. In einem äußerst romantischen Moment setzt sich einer seiner Leute hin, um einen Ameisenstamm zu betrachten, und beobachtet sie zwei ganze gedruckte Seiten lang. In einem anderen Fall überblickt ein Mann in unmittelbarer Lebensgefahr auf zwei Seiten die Geschichte der geologischen Veränderungen, die unseren Planeten heimgesucht haben. Jede Passage für sich genommen ist gut genug. In ihrer jeweiligen Situation ist jede schrecklich ermüdend und falsch.

Ich weiß nicht, ob ein Kritiker bisher Mr. Hardys merkwürdige Beschränktheit bei der Erfindung von Handlungssträngen erwähnt hat. Aus dem Gedächtnis gesprochen, kann ich mich im Moment an keinen Roman von ihm erinnern, in dem es nicht um eine Heiratsurkunde geht , und ich kann mich an viele Fälle erinnern, in denen jemand in die Kirche ging, um zu heiraten, und dann als Single zurückkam. Das ist in *der* Tat Mr. Hardys *Meisterstück* in Sachen Erfindungsgabe, und es taucht in einem Buch nach dem anderen mit einer hilflosen Unvermeidlichkeit auf, die schließlich komisch wird.

Über hier können wir uns das Nörgeln sparen und uns der viel dankbareren Aufgabe des Lobens zuwenden. Ich glaube nicht, dass es übertrieben ist zu sagen, dass Mr. Hardy seinen eigenen, besonderen Teil Englands studiert hat, sich seine Landschaft, sein Stadt- und Dorfleben, seine Tradition und sein

Gefühl und seine allgemeine spirituelle Atmosphäre so erfolgreich zu eigen gemacht hat, dass er sich damit von allen anderen englischen Romanautoren abhebt. Seine Hingabe an sein geliebtes Wessex hat ihm diese reiche und verdiente Belohnung eingebracht – dass er der anerkannte erste und endgültige Meister seines Fachs ist. Seine Kenntnisse des ländlichen Lebens innerhalb seiner eigenen Grenzen sind wunderbar einfühlsam und tiefgründig. Sein Eindruck von der Landschaft, in deren Mitte sich dieses Leben abspielt, ist umfassend und edel und lebendig. Sein literarischer Stil ist etwas, das man bewundern, studieren und wieder bewundern kann. Alle würdigen Leser englischer Romane sind ihm viele idyllische, glückliche Stunden und viele tiefe Inspirationen durch die gesunde englische Luft schuldig. Und wenn wir uns am Ende unserer Wege entschieden von ihm verabschieden, vergessen wir nicht die Zeit, in der er unser bester und liebster Kamerad war, und wir verlassen ihn in der Gewissheit, dass er, welchen Weg er auch gewählt hat, bei seiner Wahl von einem durch und durch ehrenhaften und aufrichtigen Ehrgeiz geleitet wurde.

VII.
Unter französischer Ermutigung – George Moore

Jenes Salz der Aufrichtigkeit, das „Jude the Obscure“ und „Tess o’ the D’Urbervilles “ davor bewahrt, völlig widerwärtig zu sein, fehlt in „A Modern Lover“ und „A Drama in Muslin“, und sein Geschmack ist in „Esther Waters“ nur schwach wahrnehmbar. Außer unter der klaren Annahme, dass Thomas Hardy und George Moore hier der Einfachheit halber als „unter französischer Ermutigung“ stehend in Klammern aufgeführt werden, wäre es eine grobe kritische Ungerechtigkeit, ihre Namen überhaupt miteinander zu verbinden. Es gibt nicht einen einzigen Literat unter hundert, der Mr. Hardys bloße literarische Begabung besitzt, die angeboren und brillant ist, während die von Mr. Moore mühsam gesucht und von weit her gebracht wurde und nach viel Feinschliff immer noch ein wenig langweilig ist. Mr. Thomas Hardy ist eindeutig einer jener Männer, die die Dinge durch ihre eigene Atmosphäre sehen. Mr. George Moore hat sich seine Atmosphäre ausgeliehen. Der eine ist sowohl ein Genie als auch ein fleißiger Mensch, der andere ist ausschließlich ein fleißiger Mensch .

Es ist sehr schade, dass vor ein oder zwei Jahren jemand Mr. Moores Stellung in der Welt der Literatur auf sehr absurde Weise betont hat . Es wurde feierlich angekündigt, dass eine bestimmte Anzahl von Exemplaren eines seiner Bücher auf Großdruck mit dem Autogramm des Autors erhältlich sei. Das war bedauerlich, denn Mr. Moore ist auf seine Weise durchaus ernst zu nehmen, während der Trick in der Regel nur von den ärmsten literarischen Außenseitern gespielt werden kann. Aber dass der Autor sich auf diese Weise lächerlich machen ließ, ist eine charakteristische Sache, die man nicht einfach ignorieren darf, wenn man ihn verstehen will.

Wenn wir die Kritiker befragen, ist eines der ersten Dinge, die wir über Mr. Moore erfahren, dass er ein Beobachter ist. Tatsächlich ist er das absolut nicht. Er ist so weit davon entfernt, ein Beobachter zu sein, dass er das genaue Gegenteil ist: ein Mann mit einem Notizbuch. Der Mann, der unter den Literaten den Rang eines Beobachters verdient, ist derjenige, der die Dinge auf natürliche und mühelose Weise an ihrem richtigen Platz, in ihrem richtigen Aussehen, in ihren richtigen Proportionen und ihrer richtigen Perspektive sieht. Der Mann, der oft fälschlicherweise mit dem Titel beschrieben wird, der diese Fähigkeit ausdrückt, ist eine sorgfältige und gewissenhafte Seele, die unermüdlich nach Details Ausschau hält und sich viel Mühe gibt, seine Seiten damit zu füllen.

Ich möchte ein konkretes Beispiel anführen. In „Esther Waters“ beschreibt Mr. Moore auf seltsame und bedeutungslose Weise ein bestimmtes Zimmer, in dem die Heldin seiner Handlung schläft. Esther, so wird uns erzählt, schlüpfte in ihr Nachthemd und legte sich ins Bett. Es war ein Messingbett ohne Vorhänge. Das Zimmer hatte zwei Fenster. Eines davon war bündig mit dem Kopfende des Bettes, das andere lag hinter dem Fußende. Zwischen ihnen stand eine Kommode. Ein Beobachter, es sei denn, er hätte ein besonderes Ziel damit verfolgt, wäre nie auf die Idee gekommen, dieses dürftige Detail aufzuschreiben. Aus der Tatsachenfeststellung wird nichts. Nichts hängt von der relativen Position des Bettes, der Fenster und der Kommode ab. Im Verlauf der Geschichte geschieht nichts, was diese flache und geschmacklose Feststellung rechtfertigt. Sie ist völlig bedeutungslos, abgesehen von der Tatsache, dass sie einen ziemlich klaren Einblick in die Arbeitsweise des Autors gewährt. Wenn ein dreijähriges Kind nach dem Besuch eines fremden Schlafzimmers so viel darüber erzählen könnte wie Mr. Moore über dieses Apartment, wäre seine Mutter wahrscheinlich stolz auf ihn und sein Kindermädchen würde sagen, er sei ein kleines Wesen, das aufmerksam zuhört; die Kritiker würden ihn jedoch kaum als Beobachter bewundern. Und doch würde uns das Kind in diesem speziellen Fall genauso viel und genauso wenig erzählen wie Mr. Moore. Es versteht sich von selbst, dass dies kein gutes Beispiel für Mr. Moores Talent ist, aber es ist bezeichnend für sein allgemeines literarisches Talent. Er macht es sich zur Aufgabe, das, was er sieht, beständig aufzuschreiben, und es ist nicht unmöglich, dass ein Mann im Laufe eines langen und arbeitsreichen Lebens auf diese Weise eine ursprünglich weniger als mittelmäßige Beobachtungsgabe zu einer vernünftigen Entwicklung kultiviert; aber es ist nicht die natürliche Art des Beobachters, Dinge zu sehen, und es ist nicht die natürliche Art des Künstlers, sie darzustellen. Wenn die Kritiker in diesem Fall im Recht wären , müssten wir den Katalog eines Auktionshauses als *Meisterwerk anerkennen* .

Dem aufmerksamen Leser war von Anfang an klar, dass Mr. Moore nicht besonders von seiner Arbeit um ihrer selbst willen begeistert war und dass er seine Themen nicht wählte, weil sie ihn irgendwie anziehend fanden, sondern einfach und rein aufgrund des Nutzens, den er daraus ziehen konnte. Seine Themenwahl war immer das Ergebnis einer bewussten Suche nach dem Effektvollen. Der geistige Prozess, der zu „A Mummer's Wife" führte, ist leicht nachzuvollziehen. Das häusliche Leben der Klasse von Menschen, die er behandeln wollte, war ihm so wenig bekannt wie fast jedem anderen, aber wenn man es richtig behandelte, war es ziemlich sicher eine gute Kopie. Er musste es jedoch zuerst kennen, und so machte er sich daran, es zu lernen. Dies ist die Zola-Methode, aber es ist diese Methode mit einem Unterschied. Der große französische Meister begann mit einem inspirierten und inspirierenden Plan, wobei seine Idee nichts Geringeres war, als die Gesellschaft einer Epoche von oben bis unten zu malen, um in einer Reihe von Büchern, deren Schreiben sein literarisches Leben füllen sollte, ein vollständiges Porträt des gesamten Volkes seines Landes und seiner Zeit zu präsentieren. Im Laufe einer solchen Arbeit , die er sich mutig vorgenommen hatte, waren zwangsläufig viele spezielle Untersuchungslinien erforderlich, aber die Einzelheiten, nach denen er suchte, wurden alle mit künstlerischer Unerbittlichkeit beim Aufbau seines einen großen Plans verwendet, und jedes weitere Buch, das seine Hände verließ, war wie ein weiterer Nagel, der ins Haus getrieben und zur Unterstützung seiner Argumentation herangezogen wurde. Mr. Moore, wie diejenigen, die durch seine persönliche Bekanntschaft geehrt werden , besser wissen als diejenigen, die nur seine Bücher lesen, ärgert sich mit einiger Wärme über die offensichtliche Parallele, die zwischen Zola und ihm gezogen wurde; aber er ist trotz alledem ein Kopist von Zolas Methode , und ohne Zolas Einfluss hätte man in seinen eigenen gegenwärtigen Zeilen nie etwas von ihm gehört. Beim Schreiben von „Mummers Wife" kam der erste offensichtliche Impuls von Zola: „ Es sollte die Aufgabe des Autors sein, einen bisher nicht ausgeschöpften Teil des englischen Lebens zu entdecken – es sollte seine Aufgabe sein, ihn mit akribischer Gründlichkeit zu erforschen – und es sollte weiterhin seine Aufgabe sein, ihn so darzustellen, wie er ihn vorgefunden hat." Die Ziele des Autors waren, bei der Untersuchung äußerst gewissenhaft vorzugehen und die entdeckten Fakten ohne Furcht darzulegen. Aber Mr. Moore vergaß, wie es unter den gegebenen Umständen unvermeidlich war, dass kein Wunsch nach Wissen über menschliche Dinge ohne Sympathie wirklich wertvoll ist. Er verfolgte die Geschicke einer Theatergruppe auf Tournee durch die Provinz, und obwohl es durchaus wahr ist, dass Leute, die diese Art von Leben kennen, hier und da triviale Fehler finden, muss man zugeben, dass er im Großen und Ganzen ein wahres und charakteristisches Bild des äußeren Lebens einer solchen Gemeinschaft zeichnete. Wie sich eine bestimmte Klasse von Theaterleuten kleidet und spricht, was ihre Arbeit ist und wie ihr äußeres Benehmen aussieht, hat er mit unendlicher Sorgfalt herausgefunden; aber die Tatsache bleibt, dass es das Werk eines Außenseiters ist. Er ist keinem seiner Leute jemals auf die Nerven gegangen, und das stimmt, denn er fühlte sich gedrängt, über sie zu schreiben, nicht weil sie Menschen waren und daher mit allen menschlichen Eigenschaften wie Hass, Liebenswürdigkeit, Eigenartigkeit, Humor, Eitelkeit und Eifersucht ausgestattet waren , sondern weil er in ihnen ein gutes Vorbild sah. Er liebt und hasst nicht, und tatsächlich ist er, außer um seiner selbst willen, auch nur eine Sekunde lang nicht im Geringsten daran interessiert. Er ist da, um ein Buch zu machen, und diese Leute bieten exzellentes Material für ein Buch. Er ist erstaunlich fleißig und seine Akribie ist grenzenlos, aber er wird nie warm für sein Thema. Kurz gesagt, sein Ziel ist völliger künstlerischer Egoismus. Es ist sehr wahrscheinlich, dass er diese Darstellung seines Standpunkts akzeptieren und ihn als den einzigen Standpunkt eines Künstlers rechtfertigen würde. Aber sie ist verantwortlich für die Tatsache, dass seine Seiten frei von Lachen und Tränen, von Sympathie und Mitleid sind.

In „A Modern Lover" und „A Drama in Muslin" sehen wir ihn mit einem Leben konfrontiert, das er kennt. Er befindet sich nicht mehr auf einem ihm völlig fremden Boden, und es ist nicht mehr nötig, dass er sich von einem unsicheren Standpunkt zum anderen tastet und sich dabei im Licht der dunklen Laterne seines Notizbuchs vergewissert. Er bewegt sich mit einer natürlicheren Leichtigkeit, betrachtet die Dinge mit einem größeren und umfassenderen Auge und hat zumindest jene Sympathie von außen für sein Volk, die aus einem gemeinsamen Geschmack und Wissen und der Vertrautheit mit einem sozialen *Milieu resultiert* .

In „Esther Waters" brechen die früheren Charakteristika erneut hervor, und zwar mit größerer Kraft denn je. Was er – mit einem jener Stürze in ausländische Redewendungen, die gelegentlich seine Seiten kennzeichnen – „ das Fieber des Glücksspiels" nennt, wurde in der englischen Literatur nie wirklich diagnostiziert, und das Thema ist unbestreitbar fruchtbar. Zunächst einmal weiß er absolut nichts über die Erscheinungsformen der Störung; aber das ist ohne Bedeutung, denn die Welt ist offen für Beobachtungen; und das Notizbuch, der forschende Geist und die Geduld des Spürhundes sind alle so verfügbar wie immer. Dann fällt ihm eine Kombination ein. Die Dienerschaft wartet; ihr Maler. Das Leben ist aus einer bestimmten Sicht malerisch: Es berührt mehr oder weniger das Leben von uns allen, und niemand hat es bisher für lohnenswert gehalten, seine Geheimnisse zu erforschen und uns zu sagen, wie es wirklich ist. Er weiß auch darüber überhaupt nichts, aber er wird Nachforschungen anstellen. Er stellt Nachforschungen an, und sie führen zu einem Bild, das im Großen und Ganzen überraschend genau ist. Aber dennoch gilt die ganze Leidenschaft der Arbeit. Das Motiv wird gesucht, die Einzelheiten werden gesammelt, die Geduld und die Arbeit des Arbeiters sind wirklich gewissenhaft – manchmal erregen sie Bewunderung und Überraschung – aber das Endergebnis ist leblos. Was Wachsfiguren betrifft – es dürfte schwer sein, etwas Effektvolleres zu finden als die Menschen in „Esther Waters". Sie sind mit einer Detailgenauigkeit ausgestattet, die Madame Tussauds Ausstellung in ihrer jüngsten Entwicklung zur Ehre gereichen würde. Sie sind sorgfältig modelliert und koloriert und in Posen gebracht. Es sind hervorragende Wachsfiguren, und wenn sich der Autor nur ein wenig um sie gekümmert hätte, könnten sie sogar jene mystische Lebensader haben, die uns in den feineren Arten der Fiktion begeistert. Es ist ewig wahr, dass die Verwundung das verwundete Herz ist, und die bloß beschreibende und analytische Methode übersieht nicht nur die natürliche menschliche Bewegung, sondern ist auch in ihren Ergebnissen unwahr. Vivisektion lehrt zweifellos etwas, aber sie vermittelt kein Wissen über das natürliche Tier. Um dieses Wissen zu erlangen, sollten Sie besser ein wenig mit ihm zusammenleben, ihn sogar ein wenig lieben und ihm beibringen, Sie zu lieben. Alle wissenschaftlichen Forschungen der Welt sind – in der Kunst – nicht einmal eine Spur liebevollen Verständnisses wert.

Esther Waters soll ins Entbindungskrankenhaus, und ihr Autor geht ihr voran, um herauszufinden, was er in malerischer Weise über ihre Umgebung schildern kann. Ihr Mann soll wegen Schwindsucht ins Krankenhaus. Dorthin geht der Autor und schreibt mit der hölzernen, gewissenhaften Genauigkeit eines Gerichtsschreibers alles Gesehene und Gehörte nieder. Die Vorstellung der untersuchten Dinge scheint ihn nie zu interessieren, obwohl man glauben muss, dass er zumindest einmal knapp der Ansteckung durch eine große Szene entgangen ist. Esthers uneheliches Kind wird geboren, und die Mutter, die ihn vorübergehend um seiner selbst willen verlassen hat, um eine Stelle als Amme anzunehmen, wird von einer hungrigen mütterlichen Sehnsucht beseelt, die sie unwiderstehlich aus Wärme und Geborgenheit in eine Armut zieht, deren Bitterkeit nur einen einzigen Trost hat – die Freude erfüllter mütterlicher Liebe. Es gibt Schriftsteller, die nicht einmal ein Hundertstel von Mr. Moores Fleiß besitzen, die den Leser mit einer solchen Szene tief bewegt hätten. Aber wenn Mr. Moore überhaupt etwas empfindet, schämt er sich, es zu zeigen. Dieser Mutterhunger ist ihm anscheinend genauso naheliegend wie die Position der Kommode zwischen den beiden Fenstern – eine Tatsache, die er zur Kenntnis nimmt und deshalb aufzeichnen muss. Entweder begnügt sich der Autor damit, diese Wut der Leidenschaft kalt zu betrachten, oder er möchte uns glauben machen, dass er dies tut; und in beiden Fällen verfehlt er das Ziel des Künstlers, das schließlich darin besteht, die Dinge, mit denen er sich beschäftigt, so zu zeigen, wie sie wirklich sind, und ihre Innerlichkeit zu erfassen. Wir verlangen keinen geifernden Gefühlsausbruch oder die Gesten eines Akrobaten. Aber von einem Gentleman, dessen Hühneraugen, wenn man darauf tritt, wahrscheinlich genauso schmerzhaft sind wie die seiner Nachbarn , sind wir mit etwas weniger als einer gottgleichen Gleichgültigkeit gegenüber den Emotionen der Menschheit zufrieden. Nehmen wir mal wohlwollend an, dass dies nicht mehr als ein Vorwand ist und dass Mr. Moore im Grunde seines Herzens weder so gefühllos noch in seiner Eitelkeit so weit von bloßen emotionalen Interessen entfernt ist, wie es den Anschein macht.

Selbst dem geduldigsten Ermittler in fremden Gegenden unterlaufen manchmal Fehler. Mr. Moore beispielsweise, der den Rennstall untersucht, bietet uns den Anblick eines Pferdes, dessen Beine von den Knien bis zu den Stirnlocken fest bandagiert sind, und seine vulgärsten Bauern und Diener sagen „das ist er" oder „wenn er es ist". Ein Merkmal der Umgangssprache unseres Landes hat er genau erfasst, obwohl man kaum sagen kann, dass es viel Beobachtung bedurfte, um es zu sichern. Das sehr anstößige Wort „blutig", wie es vom Pöbel verwendet wird, ist Mr. Moores „Standby" in „Esther Waters". Es ist sehr wahrscheinlich, dass es eine gewisse Kühnheit erfordert, das Wort freizügig in ein fiktionales Werk einzuführen, aber der Mut scheint nicht viel respektabler zu sein als das Wort.

VIII.
HERR SR CROCKETT—IAN MACLAREN

Als ich mit dem Schreiben dieser Serie begann, kannte ich Mr. SR Crockett, abgesehen von seinem „Mad Sir Uchtred of the Hills", nicht aus eigener Lektüre. Ich hielt diese Geschichte nicht für besonders hochtrabend. Ich fand sie – und finde sie auch nach dem zweiten Lesen noch – schwach prätentiös. Aber aus irgendeinem Grund wurde Mr. Crocketts Name so überschwänglich gelobt, dass es ganz natürlich war , zu glauben und zu hoffen, dass spätere Werke aus seiner Feder eine Qualität gezeigt hatten, die die erste kleine *Broschüre* nicht offenbart hatte, und dass die Welt in ihm eine echte Bereicherung für ihr Regiment literarischer Arbeiter gefunden hatte. Die Neugier, die einen Teil der Zeitungspresse in Bezug auf Mr. Crocketts persönlichen Aufenthaltsort, sein Kommen und Gehen, seine zukünftigen Verpflichtungen und seine Preise „pro tausend Wörter" geweckt hat, schien darauf hinzudeuten, dass wir in ihm eine Person von erheblich überdurchschnittlicher Größe entdeckt hatten.

Das Ergebnis einer gründlicheren Durchsicht seiner Schriften zerstört diese Hoffnung nicht nur. Es ist geradezu verblüffend und verwirrend. Mr. Crockett ist nicht nur kein großer Mann, sondern ein ziemlich nutzloser, sehr kleiner. Die unverschämte Unverfrorenheit jener Herren von der Presse, die *ihn* auf eine Stufe mit Sir Walter gestellt haben, ist das Traurigste und Verächtlichste im Zusammenhang mit der schlechteren Art von Kritik, die man in den letzten Jahren erlebt hat.

Es gehört nicht zu den Aufgaben eines ehrlichen Kritikers, persönlich zu beleidigen. Es gehört nicht zu seiner Funktion, Vergnügen daran zu finden, Schmerz zuzufügen. Aber es gehört zu seiner Aufgabe, der er sich nicht entziehen kann, sein furchtloses Bestes zu geben, um die Wahrheit zu sagen, und die Wahrheit über Mr. Crockett und die Presse kann nicht gesagt werden, ohne ihn und die Presse zutiefst zu beleidigen. Glücklicherweise ist die Presse ein sehr weitläufiges Unternehmen, und wenn dort auch korrupte Leute arbeiten, so sind doch mindestens ebenso viele gewissenhaft ehrenhafte da ; und wenn es dumme Leute gibt, die sich von einem Schrei mitreißen lassen, so gibt es doch Männer aller Stufen von brillanten Fähigkeiten, vom Genie bis zum Talent. Um es in einfachen Worten auszudrücken: Es ist weder eine Beleidigung für Ehrlichkeit noch für Fähigkeiten, und Bestechlichkeit oder Inkompetenz zu beleidigen, ist keine besondere Kühnheit.

Im Klartext: Es ist also keine Ansichtssache, ob Mr. Crockett des gestelzten Lobes würdig ist, das über ihn gefegt und gefegt wurde. Es ist keine Ansichtssache, ob Mr. Crockett Sir Walter Konkurrenz gemacht hat oder nicht. Es ist eine absolute Tatsache, über die keine zwei Männer, die auch nur einigermaßen urteilsfähig sind, auch nur eine Sekunde streiten können. Die Zeitungspresse, oder ein sehr beträchtlicher Teil davon, hat sich verschworen, Mr. Crockett auf eine Anhöhe zu setzen, die so weit von seiner Eignung entfernt ist, dass er allein durch die Tatsache, dass er dort sitzt, lächerlich wird. Als Robert Louis Stevenson unter der Hysterie des Lobes litt, war das natürliche Gefühl, einen exquisiten Künstler vor den verzeihlichen Überschwänglichkeiten der Begeisterung zu bewahren. Als die echte Kunst und der echte Spaß und das ergreifende Pathos von Mr. JM Barrie seine Bewunderer in kritiklose Ekstase trieben, war die einzige Angst, dass der allgemeine Geschmack eine unverdiente Rache in Form von Kälte und Vernachlässigung nehmen könnte. Im ersten Anflug von Zuneigung und Freude zu sagen, dass „A Window in Thrums" so gut ist wie Sir Walter oder dass „The Master of Ballantrae" besser ist, ist kein kritischer Ansatz, aber es ist weder ungeheuerlich noch absurd. Es ist der Ausdruck einer momentanen glücklichen Überschwänglichkeit, ein natürlicher Ausruf der Dankbarkeit für ein schönes Geschenk. Nur wenn das Urteil anhält, finden wir darin ein Element der Gefahr. Nur wenn es ernsthaft und energisch wiederholt wird, wie in Stevensons Fall, ist es zu verübeln, und dann hauptsächlich mit der Begründung, dass es dem Objekt schadet. Aber in dem Fall, den wir jetzt untersuchen, sind die Bedingungen nicht dieselben. Der arme Stevenson, dessen früher Tod noch immer ein schmerzlicher Schmerz ist, war zweifellos ein genialer Mann. Wie auch immer man die Frage der Statur klärt, es lässt sich nicht leugnen, zu welcher Gattung ein solcher Schriftsteller gehört. Mr. Barrie *ist* genial – was eine etwas andere Sache ist. Aber Mr. Crockett ist in der großen Literatur "ein ebenso gerechter und einfacher Diener wie jeder andere, der von einer Frau geboren wurde", und es wurde in den Paragraphen so viel Aufhebens um ihn gemacht und seine Meisterschaft so selbstverständlich verkündet, als ob jede hohe geniale Eigenschaft auf den ersten Blick in ihm erkennbar wäre. Wenn ich einen eindeutigen und greifbaren Grund für all das wüsste , würde ich nicht zögern, ihn zu nennen, aber ich bin nicht in das Geheimnis eingeweiht und habe kein Recht, Vermutungen anzustellen. Irgendwo sind da irgendwelche Fäden gezogen, und jemand zieht sie. So viel ist auf den ersten Blick offensichtlich. Wer die verachtenswerten *Fantoccini bedient*, die zum ephesischen Getöse der "Größe" gestikulieren, weiß ich nicht und es ist mir auch egal, aber es ist einfach unglaubwürdig, dass ihre Bewegungen spontan sind.

Beschleunigen Herculem . Ich werde eine einsame Geschichte aus Mr. Crocketts „Stickit Minister" nehmen.

Es heißt „Die Brautwerbung von Allan Fairley". Die Geschichte handelt von einem jungen Pfarrer aus der Bauernklasse, dessen Eltern ihren Sohn trotz vieler Entbehrungen auf dem College halten konnten. Er wird in eine aristokratische Pfarrgemeinde gewählt und nimmt seine alte Bäuerin als

Haushaltshilfe mit. Einige seiner kultivierteren Gemeindemitglieder haben etwas gegen die Anwesenheit der alten Dame im Pfarrhaus und haben die ziemlich erstaunliche Unverschämtheit, dem Sohn vorzuschlagen, sie fortzuschicken. Er lehnt ab und weist seine Besucher vor die Tür. Dies sind die Grundzüge der Geschichte, soweit wir sie kennen.

Überlegen Sie, wie Dr. Macdonald oder JM Barrie damit umgegangen wären! Der Humor eines jeden von ihnen hätte die krass begriffsstutzige Haltung der Delegation und die Mischung aus Zorn und Belustigung des Pfarrers umspielt. Die Geschichte strotzt vor Gelegenheiten zur Darstellung menschlicher Gegensätze. Die Chancen sind alle vorhanden, und ein Geschichtenerzähler mit einigermaßen echtem Talent hätte einige davon sicherlich erkennen und nutzen können . Mr. Crockett übersieht jeden denkbaren Punkt seiner eigenen Geschichte und zieht mit majestätischer Unbeholfenheit das Einzige hinein, was sie möglicherweise anstößig machen könnte. Der Pfarrer hat von seinen Besuchern nichts zu befürchten, denn es wird ausdrücklich erklärt, dass er in seinem geistlichen Wahlkreis von 435 eine Mehrheit von 365 hat. Aber Mr. Crocketts Punkt ist, dass er ein Held war, weil er sich weigerte, seine eigene Mutter vor die Tür zu setzen. Er lässt Mr. Allan Fairley seine eigene Geschichte erzählen, und das Ende dieses Teils davon lautet:

„Er kam nicht weiter; er wollte ach , als ich ihn einen Augenblick lang verwirrt hatte , stand ich auf, und ich konnte kaum meine Hände von ihnen lassen, so ein Pfarrer ich auch war, aber ich sagte: ‚Meine Herren, wissen Sie, was Sie von mir verlangen? Sie verlangen von mir, die Mutter , die mich geboren hat, aus dem Haus zu werfen, die Mutter , die mir beigebracht hat , ‚Der Herr ist mein Hirte‘, die Mutter , die ihre Finger am Knochen trug, damit ich aufs College gehen konnte, die ihr Geld verkaufte , damit mein Pfarrhaus eingerichtet werden konnte! Sie verlangen von mir, sie zur Tür zu führen – ich werde Sie zur Tür führen!‘ – und sie gingen zur Tür !‘ ‚Gut gemacht! Das war mein eigener Allan!‘ rief ich.‘

geschmackloseres Gefühlsstück ? Wer applaudiert einem Mann dafür, dass er seine alte Mutter nicht auf die unverschämte Bitte eines sich einmischenden Niemands hinauswirft? Sehen Sie sich die stürmischen Kapitälchen dieses Haferflockenhelden an, der uns allein durch die Tatsache elektrisieren soll, dass er kein unglaublicher Esel und Schurke ist! Glaubt irgendein nüchterner Mensch auch nur einen Moment, dass ein genialer Mann diesen abstoßenden Fehler gemacht haben könnte? Es ist ohne jeden Vergleich die größte Dummheit im Umgang mit Emotionen, die ich jemals erlebt habe. Jeder außer Mr. Crockett kann erkennen, worum es in der Geschichte geht. Sie liegt in der kühlen Unverschämtheit und Herzlosigkeit seiner Besucher. Die Betonung auf die Ablehnung ihres Vorschlags zu legen

– darauf zu bestehen – ist eine Beleidigung des Lesers. Natürlich wurde er abgelehnt. Wie sollte es, bei aller Feigheit und Niedertracht, anders sein?

Ex pede Herculem . Dieser schlaftrunkene und trompetenbesessene Genie kann das AB *ab* der menschlichen Gefühle nicht lesen. „Hier!", sagt der raffinierte Versucher, „ich gebe dir zwei Pence , wenn du dein Baby aufs Feuer wirfst!" Der gottgleiche Held donnert: „Nein! Er ist mein Fleisch und Blut. Er ist die heilige Gabe des Himmels. Er ist unschuldig, er ist hilflos. Ich zeige dir die Tür!" Oh! Welche Gefühle werden im Herzen wach, wenn die Hand eines Meisters eine Saite wie diese zum Klingen bringt!

Natürlich ist diese notwendige Arbeit mit einer gewissen zornigen Freude verbunden; aber sie ist nicht von Dauer, und ihr folgt rasch eine Reaktion von Schmerz und Mitleid. Aber wir haben das Recht zu verlangen – wir haben das Recht darauf zu bestehen –, dass uns keine Clique einen unverdienten Ruf einhandelt. Wir haben das Recht zu protestieren, wenn das Vergehen offen und eklatant ist. Es sei gesagt, wenn es nicht zu spät ist, es zu sagen, dass Mr. Crockett, wenn er von seinen indiskreten Bewunderern in Ruhe gelassen oder nur im Rahmen des Vernünftigen aufgeblasen worden wäre, in Zeiten, in denen jeder mehr oder weniger Romane schreibt, als ehrlicher Arbeiter hätte angesehen werden können.

Wären seine Seiten als das Werk eines unbekannten Mannes vor mir erschienen, der seinen angemessenen Platz in der Zeitungsrepublik sucht, hätte ich sicherlich einige ehrliche und angenehme Dinge über ihn zu sagen gefunden. Aber leider ist er, mehr als jeder andere Schriftsteller seiner Zeit, für jene unangebrachten Lobpreisungen bekannt geworden, die uns in unseren eigenen Augen schnell diskreditieren und die Kunst der Kritik zu einer Farce und einer Schande machen. In dem, was ich geschrieben habe, habe ich mich weniger mit seinem Werk als mit der falschen Einschätzung desselben beschäftigt, die der Öffentlichkeit seit ein oder zwei Jahren von einer gewissen Gruppe von Schriftstellern aufgedrängt wird, die entweder hoffnungslos unfähig sind, unsere Arbeit zu beurteilen , oder unheilbar unehrlich sind. Es ist durchaus möglich, dass Mr. Crockett in dieser Hinsicht keinerlei Tadel verdient, da er in keiner Weise die Herstellung dieses Rufballons, der ihn in solche Höhen katapultiert hat, veranlasst oder unterstützt hat. Abgesehen von den Ansprüchen seiner *Claque* gibt es keinen Grund, warum ein Kritiker ihn dem Lächerlichen preisgeben sollte. Nicht er ist lächerlich, aber seine Position ist im besten Fall respektabel und er hält seinen Platz (wie der Pöbel von uns, die ihren Lebensunterhalt mit Schreiben verdienen) nur für den Augenblick. Vorzugeben, er sei ein Genie, in einem Atemzug mit Sir Walter Scott über ihn zu sprechen, sein Kommen und Gehen aufzuzeichnen, als wäre er die Verkörperung einer neuen Offenbarung, heißt, natürlichen und berechtigten Groll zu provozieren. Je deutlicher dieser Groll zum Ausdruck kommt – je deutlicher wird, dass eine falsche Bewunderung der Keim offener Verachtung ist —, desto unwahrscheinlicher ist es, dass mittelmäßige Schriftsteller zu einer überhöhten Selbsteinschätzung ermutigen.

[Seitdem das Obige geschrieben und gedruckt wurde, hat Herr Crockett

veröffentlichte seine Geschichte von 'Lads' Love', das letzte Kapitel von

das so gut ist, dass ich beim Lesen einen Stich verspürte

des Bedauerns über den Angriff, den ich unternommen hatte. Aber schließlich ist es

nicht der Autor, der im Vorstehenden angegriffen wird, und wenn,

im Streit mit den Kritikern ist er übrigens, wie es

waren, etwas grob gehandhabt, der Übereifer seiner

Die Schuld tragen professionelle Bewunderer. Es gibt viel

Lehrlingsarbeit in "Lads' Love", einige energisch durchgesetzt

Emotion, die nicht echt ist, und eine angeborene

Missverständnis des wesentlichen Unterschieds zwischen Langeweile

und Humor ; aber wenn die gesamte Arbeit von Herrn Crockett

sein Niveau erreicht hat, würde der Protest gegen seine Rezensenten

hätten einer Änderung bedürfen.]

Obwohl Herr Ian Maclaren eindeutig ein Nachahmer ist und man sagen kann, dass er seine literarische Existenz Herrn JM Barrie verdankt, ist er sowohl künstlerisch als auch sympathisch. Sein Werk vermittelt dem Leser den Eindruck einer Begegnung mit Barrie in einem Traum. Die scharfen Kanten des Originals sind verschwommen und teilweise verloren gegangen, aber der Autor von „Beside the Bonnie Brier Bush" hat viele hervorragende Eigenschaften, und wenn er das Glück oder die Initiative gehabt hätte, der Erste auf diesem Gebiet zu sein, wäre sein Werk fast durchweg bezaubernd gewesen. So wie es ist, zeigt er immer noch viel Intuition und Herz, und sein Werk ist durch und durch sympathisch ehrlich. Seine Gefühle sind echt, und dies ist bei der Schaffung emotionaler Fiktion die erste Voraussetzung für den Erfolg. Dies ist ein weiterer Fall, in dem das hysterische Überlob der Kritiker einem fähigen Arbeiter ernsthaftes Unrecht angetan hat, und ohne sie könnte ein aufrichtiger Rezensent nicht in Versuchung geraten, ihn zu tadeln. Seine Inspiration kommt von außen, doch das ist das härteste Wort, das man ehrlicherweise sagen kann, und in einer Zeit, in der Literatur zu einem Handwerk geworden ist, ist ein solches Urteil nicht streng.

IX.
DR. MACDONALD UND MR. JM BARRIE

Wenn man sich an die schnelle und große Popularität erinnert, die die neueste Schule schottischer Dialektautoren erlangte, ist man versucht, sich ein wenig über die relative Vernachlässigung zu wundern, die einem wahren Meister dieses *Genres widerfahren ist* , der noch lebt und schreibt und der sein Werk in der Erinnerung der Menschen mittleren Alters begann. Mit der einzigen Ausnahme von „A Window in Thrums" ist keines der neueren Bücher dieser Schule einen Vergleich mit „David Elginbrod ", „Alec Forbes of Howglen " oder „Robert Falconer" wert. Und doch ist keines von ihnen größerer Beliebtheit erfreute oder seinem Autor einen größeren Ruf eingebracht als Dr. McDonald . Vielleicht sind die Gründe für diese Tatsachen nicht weit entfernt. Um am Anfang zu beginnen: Sir Walter, der Schöpfer des schottischen Charakterromans, hatte sich auf anderen Gebieten einen in der Geschichte der Belletristik beispiellosen Ruf erworben, bevor er sich der Verwendung der schottischen ländlichen Ausdrucksweise und der Darstellung des schottischen Charakters in seinen eigentümlich lokalen Aspekten im Großen und Ganzen zuwandte. Die Magie seines Namens erregte Aufmerksamkeit, und sein Genie verlieh Dialekten, die bis dahin als barbarisch und hässlich galten, einen klassischen Anstrich . Die Flamme von Burns hatte bereits alle Grobheit aus den rohesten Rustikalitäten gefressen, und im Lauf von höchstens zwanzig Jahren trugen die Auld Braid Scots die Würde einer Sprache und wurden mit allen Ehren der Literatur geschmückt. Aber dies führte trotz des überragenden Genies der beiden Männer, denen die Literatur des Nordens am meisten zu verdanken hat, kaum mehr als ein lokales Interesse und einen lokalen Stolz herbei. Scott wurde trotz der Redewendung akzeptiert, die er manchmal verwendete, und nicht deswegen, und man kann nur über die Vorstellung lachen, die einem das Bild eines englischen oder ausländischen Lesers eingibt, der sich zum ersten Mal mit Mrs. Bartlemy Saddletrees Frage an ihre Zofe konfrontiert sah: „Was gibst du deinem Cockernony diesen Gang?" Tatsächlich gibt es bis heute Tausende von Scotts Bewunderern, für die die Frage genauso gut in Sanskrit gestellt werden könnte .

Zu Sir Walters' Zeiten und in seiner Generation hatte er einen bedeutenden Nachahmer in Galt, dessen „Andrew Wylie of that Ilk" und „The Entail" dem Leser noch heute Freude bereiten. Dann geriet die schottische Literatur für eine Weile in Vergessenheit. Die Prosa-Muse des Nordens schwieg oder sprach mit wirkungslosem Akzent. Nach einer langen Zwischenzeit kam George Macdonald und ebnete unbewusst den Weg für die Meute der Herren aus dem Norden, die heute mit Leichtigkeit schreiben. Er ging mit ungewöhnlicher Begeisterung an seine Aufgabe heran, mit einer überdurchschnittlichen Gelehrsamkeit, einem überdurchschnittlichen Reichtum, Reinheit und Flexibilität im Stil, einer wahrhaft poetischen Vorstellungskraft und einer wahrhaft menschlichen Begabung mit Sympathie, Intuition und Einsicht. Es wäre absurd zu sagen, er sei gescheitert, aber es ist sicher, dass er kaum den Zehnten des Lobes oder des Puddings erhielt, die beispielsweise Mr. SR Crockett zuteil wurden, der mit ihm nicht mehr zu vergleichen ist als ich mit Herkules. Die Leser, die ihn beurteilen konnten, schätzten ihn hoch ein, aber südlich des Tweed waren solche Leser rar gesät, denn er verwendete die idiomatische schottische Sprache, die er mit unerbittlicher Genauigkeit zu verwenden suchte, und errichtete sich auf diese Weise eine Barriere gegenüber dem Durchschnittsengländer. Sein Genie, so bezaubernd es auch war, war nicht von jener gewaltigen und zwanghaften Art, die jeden Menschen überwältigt und das Durchbrechen einer solchen Barriere zu einer Voraussetzung für intellektuelles Glück macht. Es wurde stillschweigend zugegeben, dass er in seinem Maßstab ein großer Mann war, aber dass der Durchschnittsleser es sich leisten konnte, ihn in Ruhe zu lassen. Und dann war es mit der Presse ganz anders. Der nördliche Teil dieser Insel hatte, obwohl in der Presse ein reges Leben herrschte, nichts Vergleichbares zu seinem heutigen Einfluss. Heute wimmelt es in der Presse Großbritanniens von Schotten, und der „Boom", der in letzter Zeit Himmel und Erde in Bezug auf die Errungenschaften der neuen schottischen Schule erfüllt hat, hat reichlich und sogar merkwürdige Beweise dafür geliefert. Die Beute dem Sieger, auf jeden Fall. Wir Leute von jenseits der Grenze sind ein kriegerisches und selbstgefälliges Volk mit einem starken Familieninstinkt und einer leidenschaftlichen Liebe zu den Dingen, die unseren Teil der Welt betreffen. Wenn es unter den Druckern so viele Schotten gegeben hätte wie heute und sie sich ihrer Macht so sicher gewesen wären, hätten sie Dr. Macdonald zweifellos einen Erfolg beschert. Die Anerkennung, die er erhielt, kam hauptsächlich von ihnen. Aber wenn die gegenwärtigen kritischen Bedingungen schon in seinen frühen Tagen geherrscht hätten, mit welchen Kränzen hätte man ihn dann bekränzt, welche Opfer hätte man vor ihm gebracht!

Abgesehen von der rauen Unzugänglichkeit des Dialekts (für den rein englischen Leser), die Dr. Macdonalds Werk so oft kennzeichnet, gibt es im Hauptthema seiner besten Bücher einen Grund, warum er nicht sehr populär sein sollte. Das eine Thema, für das er sich am leidenschaftlichsten interessiert, ist theologischer Natur. Er hat viele Moses in der spekulativen Wüste begleitet und sie in ein Land der Verheißung geführt. Er hat mit zartem und überzeugendem Feuer die göttliche Freiheit der Seele und ihre wesentliche Einheit mit der Vaterschaft Gottes gepredigt. Er hat viele wunderbare Fähigkeiten für dieses Werk aufgewendet, und sein Einfluss auf die Erweiterung und Vertiefung des religiösen Denkens in Schottland ist nicht zu leugnen. Aber sein Beharren auf diesem großen Thema hat natürlich die Hohlköpfigen und Flachherzigen und auch viele der sorglosen Schlaumeier verschreckt. Irgendwo muss es in dem Leser, den er anspricht, einen Fundus an Aufrichtigkeit und Vernunft geben. Es gibt ein Publikum, das bereit ist, sich mit Gedanken auseinanderzusetzen, das von einer echten intellektuellen Leidenschaft bewegt werden kann und das tatsächlich nach diesem höchsten und besten Genuss dürstet, aber es ist zahlenmäßig klein, und der Autor, der sich hauptsächlich mit spirituellen Problemen beschäftigt und dabei zurückhaltend und ehrfürchtig ist, kann kaum hoffen, den Pöbel hinter sich zu ziehen. In jedem seiner drei besten Bücher hat Dr. Macdonald das Wachstum einer Seele in Richtung Freiheit verfolgt. Sein Konzept der Freiheit ist eine begründete, aber absolute Unterwerfung unter einen göttlichen Willen; ein Gefühl der Vertiefung in die offenkundige Absicht einer leitenden Macht, die vollkommen liebevoll und vollkommen weise ist. Für alle, die ihn lesen können, ist er außerordentlich interessant und entzückend, und für manche spricht er die Autorität eines Propheten und von Gott bestimmten Führers an. Mit dieser Erfahrung des unerschütterlichen Glaubens an ihn geht ein Hauch von Mystizismus, Pantheismus einher. Er ist im Wesentlichen ein Dichter, und hätte er sich entschieden, mehr Arbeit in seine Verse zu stecken, hätte er auf dieser Seite zu einem hohen Rang aufsteigen können. Aber ihm schien das, was gesagt werden sollte, weitaus wichtiger als die Art und Weise, wie es gesagt wurde, und er hat es – vielleicht zu Recht – verachtet, sich bei der bloßen Struktur seiner Verse Mühe zu geben. Es ist vernünftig zu argumentieren, dass, wenn die poetische Inspiration nicht lebendig genug ist, um einen unmittelbaren Ausdruck zu finden, sie nicht wahrhaftig genug ist, um es lohnenswert zu machen, sie umzugestalten und neu zu formulieren. Es scheint – den Ergebnissen nach zu urteilen –, dass Dr. Macdonalds Konzeption einer Lyrik etwas völlig Spontanes ist. Wie dem auch sei, die poetische Gestaltung seines Geistes offenbart sich in seiner Prosa mit größerer Freiheit und einem vollständigeren Charme als in seinen Versen. Das Beste an ihm ist die Atmosphäre, die er ausstrahlt. Es ist nicht möglich, seine Bücher zu lesen, ohne ihn als einen tapferen, aufrichtigen und loyalen Mann zu kennen, der sowohl ein großes Herz als auch einen großen Verstand hat, und sie reinigen und stärken den Geist auf genau dieselbe Weise, wie die Luft der Berge, des Moors oder des Meeres den Körper reinigt und stärkt.

Der würdigste seiner Nachfolger ist Mr. JM Barrie, der viel mit ihm gemeinsam hat, obwohl er Unterschiede ganz wesentlicher Art aufweist. Mr. Barrie ist nicht von einer solchen spirituellen Besessenheit besessen wie sein Älterer. Er hat die nationale Ehrfurcht vor heiligen Dingen, aber diese ist wahrscheinlich eher gewohnheitsmäßig und rassisch als dogmatisch. Ich denke, sein größter Charme liegt in der Tatsache, dass er zugleich altmodisch und neumodisch ist. Er liebt es, sich mit einer vergangenen Lebensform zu befassen, einer Lebensform, an die er sich in all ihren Feinheiten noch nicht erinnern kann, während er nicht zu jung ist, um aus erster Hand viel davon gehört oder viele ihrer Vorbilder gekannt zu haben. Einem Kind der Fantasie können nur wenige so glückliche Dinge widerfahren wie die Geburt in einem solchen Grenzland der Zeit. Um ihn herum herrscht die Atmosphäre des Neuen, und überall um ihn herum sind die lebendigen Erinnerungsstücke des Alten verstreut – eines sterbenden Zeitalters, das in Kürze aufhören wird zu existieren und bereits veraltet und romantisch ist. Dampf und Elektrizität und die Druckerpresse, die allgemeine Versorgung und das Billig-Kleider-Handelszentrum haben seltsame Veränderungen bewirkt. Mr. Barries Glück war, das Leben zu betrachten, als all diese Veränderungen noch nicht stattgefunden hatten; einen im Wesentlichen modernen Geist in die Betrachtung einer verschwindenden und doch sichtbaren Vergangenheit einzubringen, mit dem Kuriosen zu leben und dennoch durch bloße Kontrastkraft in der Lage zu sein, dessen Kuriosität zu erkennen , und in engem, ständigem und vertrautem Kontakt mit jenen zu stehen, für die die verschwindenden Lebensformen völlige Gewohnheit waren. Dass die so bezeichnete bloße Umgebung das Schicksal von Hunderttausenden war, ändert wenig an dem besonderen Glück des Zufalls, denn wie ich bereits sagte, können wir nicht alle geniale Menschen sein, und nur der geniale Mensch erfährt das Glück.

Wenn es eine Wahrheit in Bezug auf die Kunst des Romanschreibens gibt, von der ich mehr überzeugt bin als von einer anderen, dann ist es die, dass alle echten und originellen Beobachtungen, zu denen ein Mensch fähig ist, in sehr frühem Leben gemacht werden. Dafür gibt es zwei sehr offensichtliche Gründe. Die Tatsache, dass sie offensichtlich sind, muss mich nicht davon abhalten, sie hier zu nennen, da ich nicht für diejenigen schreibe, die es sich zur Aufgabe gemacht haben, solche Dinge zu wissen. Erstens ist der Geist am frischesten; und alle Objekte in seinem Bereich haben ein scharfes Interesse, das im späteren Leben nachlässt. Zweitens sind die frühesten Beobachtungen unsere eigenen, unvermischt mit den Schlussfolgerungen und Vorurteilen anderer Geister. Ein Kind hat nicht die Art von Dickens oder Thackeray oder die Art der überlegenen Person gelernt, Einzelheiten und Allgemeines zu überblicken. Es hat nicht begonnen, seine Intelligenz durch die bösartige Gewohnheit, absichtlich Notizen für literarische Zwecke zu machen, zu trüben. Es betrachtet die Dinge, die es interessieren, einfach, natürlich und mit völliger Vertiefung. Es trifft auf die meisten gewöhnlichen Menschen zu, dass sie im Alter in ihre Kindheit zurückdenken und sich an die Dinge von vor einem halben Jahrhundert deutlicher erinnern als an die Ereignisse der letzten Woche. Lord Lyttons Definition eines Genies lautete, dass er die kindliche Fähigkeit zum Staunen bewahrte.

Einer der scharfsinnigsten lebenden Kritiker sagt mir, er finde in Mr. Barries Humor eine merkwürdig *logische Eigenschaft* , aber ich gestehe, dass ich nicht ganz klar bin, was er meint. Ich finde ihn typisch schottisch, und vielleicht meinen wir im Grunde dasselbe. Er ist oft hinterlistig und so selbstgefällig, dass er sich damit zufrieden gibt, ungesehen zu bleiben. Oft liegt er in einer Art Geisteszustand , wie auf ganzen Seiten von „My Lady Nicotine", wo er bloß ein ruhiges, träges Einverständnis mit dem allgemein humorvollen Aspekt der Dinge ist. Hier amüsiert sich der Autor, und das kann Ihnen auch so gehen, wenn Sie gerade in der Stimmung sind. Zu anderen Zeiten sprudelt der Spaß vor purer Spontaneität, wie bei der Werbung von „ Tnowhead's Bell", was, wie ich zu behaupten wage, ein so gutes Stück schottischer ländlicher Komödie ist, wie wir es seit vielen Tagen gesehen haben. Die Komödie ist breit angelegt und grenzt zeitweise an eine Farce, bleibt jedoch durch ihre drollige Charakterzeichnung und die völlige Ernsthaftigkeit des Erzählers, der es trotz aller gegenteiligen Hinweise mit einer äußerst ernsten Chronik zu tun haben könnte, stets auf der anderen Seite.

Während ich schreibe, habe ich einen Brief von Mr. Barrie vor mir, den er an einen Arbeitskollegen geschrieben hat und in dem er von dem „fast unerträglichen Pathos" eines Vorfalls auf einer seiner Seiten spricht. Der Ausdruck scheint genau auf das Kapitel in „Window in Thrums" zu passen, in dem Jamie nach seinem Sturz in London in seine alte Heimat zurückkehrt und seine eigenen Leute tot und zerstreut vorfindet. Die Geschichte ist einfach und der Stil ist streng bis zur Trockenheit, aber jedes Wort ist wie ein Nagel, der ins Schwarze getroffen wurde. Es wäre schwer, in einem rein modernen Werk ein Kapitel zu finden, das mit einer meisterhafteren Ökonomie der Mittel geschrieben wurde als dieses. Und diese Ökonomie der Mittel ist das auffälligste Merkmal von Mr. Barries literarischem Stil. Er unterscheidet sich so sehr von der erzwungenen Ökonomie der Armut, wie sich die wortreiche Extravaganz von Miss Corelli von der Ausgelassenheit Shakespeares unterscheidet . Es ist eine durchdachte, mühsame und selbstkasteiende Kunst, und innerhalb ihrer eigenen Grenzen ist es Kunst auf dem Höhepunkt ihrer Leistung. Was sie sich vorgenommen hat, hat sie getan.

Diese beiden, Dr. George Macdonald und Mr. JM Barrie, sind also die Männer, die die Tradition, die Sir Walter begründet hat, auf ihre eigene und unterschiedliche Weise würdig weiterführen. In einer Zusammenfassung wie dieser, in der man davon ausgeht, dass zumindest ein loyaler Versuch unternommen wird, die Verdienste konkurrierender Autoren anzuerkennen und zu würdigen, wird die Aufgabe des Kritikers gelegentlich undankbar. Nichts als purer Neid kann Mr. Barrie ein hohes Lob missgönnen , aber ich denke, dass sein Älterer ihm überlegen ist. Die Auszeichnung des jüngeren Mannes ist größtenteils einer ausgezeichneten Selbstbeherrschung zu verdanken, einer Fähigkeit zur Selbstkritik, die auf ihre Art nicht leicht überschätzt werden kann. Er verfügt nicht über Stevensons erlesene und doch gewagte Angemessenheit in der Wortwahl, aber sein Humor ist rasanter und kaum weniger feinfühlig, und in pathetischen Passagen findet er den Weg direkt zum Herzen des Menschen. Da das Erfinden oder Entdecken neuer Themen von Tag zu Tag schwieriger wird – da sich die Grenzen der persönlichen Originalität des Geschichtenerzählers ständig verengen – muss die rein literarische Fähigkeit, das bloße Handwerk des Schreibens in seinen feineren Ausprägungen notwendigerweise wertvoller werden. Mr. Barrie ist ein Kapitän unter den Arbeitern und es besteht wenig Befürchtung, dass er im endgültigen Urteil des Publikums und seiner Kollegen mit den Maclarens und Crocketts in einen Topf geworfen wird , wie es heute manchmal der Fall ist. Aber Dr. Macdonald hat , obwohl er nicht mit der gleichen Eifersucht nach den Feinheiten der bloßen literarischen Kunst gesucht hat , ein größeres Vermögen geerbt und seinen Besitz mit größerer Hand ausgegeben. Vielleicht hat er seine Anhängerschaft durch seine Treue zu seiner eigenen Inspiration eingeengt, aber seine Bücher sind eine wahre Wohltat für das Herz, und niemand kann sie ehrlich lesen, ohne eine spirituelle Frische und Reinheit der seltenen Art daraus zu ziehen. Es gibt eine alte Geschichte über eine Diskussion unter den Studenten seiner Zeit über die relativen Verdienste von Schiller und Goethe. Der Streit kam Schiller zu Ohren, und er riet den Streitenden lachend, die Diskussion einzustellen und dankbar zu sein, dass sie beide hatten. Ich könnte mich persönlich gerne dort hin flüchten, aber der kritische Ansturm, die neuen Götter zu krönen, ist etwas Neues, und ohne dem jüngeren Schriftsteller auch nur ein Blatt von der Stirn zu stehlen, würde ich gerne eine frischere und hellere Krone auf dem Haupt seines älteren und größeren Bruders sehen.

X.
DIE PROBLEMSUCHER – SEE- UND LANDKAPITÄN

Es ist so lange her, dass Mr. WH Mallock die „Romance of the Nineteenth Century" veröffentlichte, dass man das Buch jetzt gut in Ruhe lassen könnte, wenn es nicht in gewisser Weise eine Epoche in der Geschichte der englischen Literatur markiert hätte. Es war, soweit ich weiß, das erste Beispiel der Schule des ausgesprochen Gemeine. Ein halbes Jahr lang lief es in „Belgravia" neben einem meiner eigenen Romane, und unter diesen Umständen las ich so viel davon, wie ich ertragen konnte. Sein Hauptziel scheint darin zu bestehen, die Theorie zu untermauern, dass eine junge Frau von kultivierter Erziehung eine Amateurhure sein kann. Die zentrale männliche Figur des Buches ist ein heulender Schuft, der einen Groll gegen das Universum hegt, weil er es nicht ganz verstehen kann. In den letzten zwei oder drei Jahren kam Mr. Mallock auf die Idee, das Buch umzuschreiben, und in einem Vorwort aus dem Jahr 1893 (glaube ich) teilt er der Welt mit, dass er beim erneuten Lesen der Geschichte Teile davon persönlich als anstößig empfunden hat. Diese Teile hat er nach eigener Aussage eliminiert und glaubt heute – oder glaubte es 1893 –, dass es in dieser Hinsicht nichts zu bemängeln gibt. Ich erinnere mich nur daran, dass ein gewisser Colonel Stapleton den Geist der Heldin verdorben hat, indem er ihr obszöne Bücher mit obszönen Drucken geliehen hat. Diese Episode ist trotz der durchgeführten Reinigungsarbeiten erhalten geblieben; und man kann sagen, dass es ein großes Wunder ist, wie der kritische Magen sie bei sich behalten hat, wenn der Originalroman noch übler war als diese desodorierte Ausgabe.

Es ist erfrischend, sich von dieser speziellen Problemsucherin dem Werk einer Autorin wie Mrs. Humphry Ward zuzuwenden, die, wenn sie den Fragen, die sie behandelt, mehr Bedeutung beimisst, als ihnen eigentlich gebührt, so gesund und aufrichtig ist, wie man es sich nur wünschen kann. Sie hat sowohl viel als auch viel gelesen, sie denkt vernünftig und klar, sie erkennt Charaktere, sie kann eine Geschichte erschaffen und erzählen, ihr Stil ist ausgezeichnet prägnant und gehaltvoll, und jedes Buch aus ihrer Feder wird garantiert viele bezaubernde und nachdenkliche Stunden füllen. Sie ist immer noch eine Problemsucherin und teilt die Fehler ihrer Schule, insofern sie sich der Lösung von Themen widmet, die alle nachdenklichen Menschen schon in jungen Jahren für sich selbst gelöst haben. Es wäre vielleicht schwierig, ein besseres und heilsameres Stimulans für den Geist eines sehr jungen Mannes oder einer sehr jungen Frau zu finden als „Robert Elsmere", um nur ein Werk von ihr zu nennen, aber für die Intelligenz eines Erwachsenen scheint sie einen Tag hinter der Messe zurückgeblieben zu sein. Sie wendet so etwas wie Genialität auf, um eine Wahrheit zu etablieren, die nur hier und da von einem engstirnigen Fanatiker bezweifelt wird – nämlich, dass ein Mensch sich gezwungen sehen kann, das bloße Dogma der Religion aufzugeben und dennoch seinen Glauben an das Unsichtbare und seine geistige Brüderschaft mit den Menschen bewahren kann. „Robert Elsmere" ist ein sehr schönes Werk, und es ist unmöglich, die Begeisterung nicht zu respektieren die es inspiriert, und die vielen literarischen Vorzüge, durch die es sich auszeichnet. Aber dennoch hinterlässt es im Gedächtnis ein Gefühl gewisser Sinnlosigkeit. Es wäre leicht, eine Geschichte zu schreiben, die das genaue Gegenteil der Wahrheit beweist – falls man sich eine Geschichte vorstellen kann, die irgendetwas beweist –, und die Erzählung könnte der Erfahrung des Lebens vollkommen entsprechen. Es gibt Menschen, die sich von der dogmatischen Religion abwenden und sich damit ganz von der Religion trennen, und deren einzige Chance auf Erlösung von sich selbst in der Annahme eines strengen Glaubensbekenntnisses liegt. Es wäre leicht und wahr genug, einen solchen Menschen zu zeigen, der von Zweifeln geplagt wird, kämpft und erliegt und sich dann kopfüber dem Teufel zuwendet. So etwas ist schon oft passiert. Mrs. Humphry Ward zeigt eine andere Art von Mensch und schildert ihn sehr gekonnt. Robert Elsmere ist ein noch besserer Christ, wenn er seinen Glauben aufgegeben hat, als er es war, als er ihn noch hatte, denn er hat ein höheres Lebensideal erreicht und stirbt als Märtyrer für seine Pflichten. Aber die Geschichte hat den Anschein, kontrovers zu sein, und Fiktion und Kontroverse passen nicht gut zusammen. Es ist möglich, jede Theorie aufzustellen, soweit ein einzelnes Beispiel dies zulässt, wenn Sie die Herstellung sowohl der Fakten als auch der Charaktere in Ihren eigenen Händen haben. Nehmen wir einen Extremfall. Ein erfahrener Romanautor könnte sich den Charakter eines mürrischen und übellaunigen Kerls vornehmen, der großzügig und ausschweifend trinkt. Solange der Schurke nüchtern ist , könnte er hassenswert werden; füllen Sie ihn zur Hälfte mit Whisky, und Sie beschenken ihn mit allen möglichen emotionalen guten Eigenschaften. Die Studie könnte real genug sein, aber sie würde nichts beweisen. Der Romanautor, der eine kontroverse Frage angreift, stellt alles in Frage, und die Antwort auf ein so gestelltes Problem ist wertlos, außer als Ausdruck einer individuellen Meinung. Man könnte argumentieren – und diese Behauptung ist durchaus berechtigt –, dass es viele Menschen gibt, die sich nur dann zu ernsthaften Themen hinreißen lassen, wenn sie als Fiktion getarnt sind, so wie es Menschen gibt, die keine Pillen vertragen, wenn sie nicht mit Zucker überzogen sind. Und wie bereits zugegeben, könnte ein sich entwickelnder Geist durch den Einfluss eines Buches wie „Robert Elsmere" gestärkt und erweitert werden. Manchen wird die offensichtliche Gedankenrichtung des Buches einfach verdammenswert erscheinen. Dass man wenig Respekt vor ihrem Urteil hat und ihre Meinung überhaupt nicht teilt, ändert nichts an der Tatsache, dass die gegen sie eingesetzte Waffe nicht fair eingesetzt werden kann und wird.

Vor vielen Jahren war Mr. Clark Russell, dessen Name heute in aller Munde ist, Herausgeber einer unglückseligen Gesellschaftszeitschrift. Ich war Mitarbeiter der wenig gelesenen Seiten und stieß eines Tages auf einen Artikel mit dem Titel „Pompa Mortis". Dieser Artikel war in so erstaunlich gutem Englisch geschrieben, so sauber, so hart und knapp und doch so anmutig, dass ich der Versuchung nicht widerstehen konnte, nach dem Namen seines Autors zu fragen. Mein Herausgeber erkannte ihn bescheiden als seinen eigenen an, und als ich ihm sagte, was ich von seinem Stil hielt, gestand er, dass er Defoe genau studiert und ihn sehr bewundert habe. Ich sah nichts mehr von seiner Hand, bis ich „Der Untergang der Grosvenor" las, die erste dieser Reihe von Seemannsgeschichten, die Mr. Russells Namen in die Welt hinausgetragen haben. Eine Reise im Lehnsessel mit Russell ist fast so gut wie die echte und manchmal (wenn es etwa um die Gefahren und Nöte eines Schiffbruchs geht) sogar noch viel besser. Hatte je zuvor ein Mensch ein solches Auge für das Meer oder eine solche Fähigkeit, es einem anderen vor Augen zu führen? Ich glaube, nur wenige Leser interessieren sich für seine Fabel oder seine Charaktere, außer für den Moment, in dem sie sich auf der Seite bewegen; aber seine Beschreibungen von Himmel und Meer bleiben im Gedächtnis haften wie Dinge, die man tatsächlich sieht. Sie sind so scharf, so lebendig, so detailliert, so wahr, dass ein Marinemaler nach ihnen arbeiten könnte. Und das wirklich Bemerkenswerte an ihnen ist die unendliche Vielfalt dieser See- und Himmelslandschaften. Er scheint sich nie zu wiederholen. Er ist so vielfältig wie die Meere und Himmel, die er malt. Man kann sich seinen Geist als eine Art wunderbare Gemäldegalerie vorstellen. Er sieht Dinge wahrhaftig und lässt den Leser sie sehen. Und all der seltsame und merkwürdige Seemannsjargon, von dem nicht ein einziger Landsmann von tausend etwas versteht – Kämmen und Backstage und tote Augen und der ganze Rest – bekommt einen salzigen Hauch von Romantik auf seine Lippen. Er kann so technisch sein, wie er will, und der Leser glaubt ihm und tobt mit ihm, möglicherweise verwirrt, aber vertrauensvoll und glücklich. Und Clark Russell war nicht nur charmant. Er war auch nützlich, und Foc'sle Jack schuldet ihm Dankbarkeit. Denn obwohl er nicht als Zeichner glänzt, wenn es um die Feinheiten des Charakters geht, kennt er Jack, der kein großes metaphysisches Rätsel ist, in- und auswendig, und er hat ihn uns nähergebracht, wie es kein Seefahrer zuvor versucht hat. Vor Jahren schien es natürlich, sich vorzustellen, er könnte sich selbst ausschreiben, aber er macht mit einer Frische weiter, die unerschöpflich scheint. Wenn ich ihn nicht mit der alten Freude lesen kann, ist das mein Unglück und nicht seine Schuld. Wäre sein letztes Buch sein erstes gewesen, hätte ich darin den Charme gefunden, der mich vor Jahren gefangen nahm. Aber es liegt in der Natur der Sache, dass ein einzelner Schriftsteller wie Clark Russell sein eigener gefährlichster Rivale sein kann.

Clark Russell ist Kapitän auf seinem eigenen Deck, egal ob er einen Sarg oder einen fürstlichen Ostindienfahrer der alten Zeit segelt. Sir Walter Besant ist Herr seines eigenen East End und dieses unschuldigen Serails entzückender und exzentrischer junger Damen, zu dem er seit Jahren immer mehr hinzufügt. Sir Walter Besant ist vor allem als Beispiel dafür bemerkenswert, was durch eine unerschütterliche Fröhlichkeit im Stil erreicht werden kann. Sein Credo war immer, dass Fiktion eine erholsame Kunst ist, und wir haben kein besseres Beispiel für einen männlichen und beherzten Optimisten als ihn. Er ist optimistisch und hat ein festes Ziel, und manchmal kostet ihn seine Fröhlichkeit einen Kampf, denn er ist weichherzig und klarsichtig, und er ist der Kolumbus der „großen freudlosen Stadt" des Ostens. Er hat ein doppeltes Ziel – seine Arbeit erholsam zu gestalten und sie nützlich zu machen. In einer Hinsicht war er seltsam glücklich, denn er träumte einmal laut einen schönen Traum und erlebte, wie er Wirklichkeit wurde. Es war seine eigene große Hoffnung, die den Volkspalast erbaute, und darauf konnte sich ein Mann mit großer Befriedigung verlassen.

Er hat uns viele gut durchdachte Charaktertypen geliefert, aber er übertrifft sich selbst in der Darstellung des männlichen jungen Mannes und der liebenswerten jungen Frau. In dieser Hinsicht ist er meiner Meinung nach am Höhepunkt mit Phyllis Fleming und Jack Dunquerque , die beide offenherzig lebendig und charmant sind. Er ist auch gut in der Darstellung eines Schwindlers und findet an ihm eine humorvolle Freude, ganz wie Dickens. Seine Methode und seine Art, Menschen zu sehen, und vor allem seine warmherzige Fröhlichkeit haben mehr als nur einen Hauch von Dickens.

Es liegt außerhalb des Zwecks dieser Serie, sich mit etwas anderem als dem literarischen Wert der Werke der betreffenden Personen zu befassen; doch es bedarf keiner Entschuldigung für einen Seitenblick auf die Arbeit, die Sir Walter Besant für Literaten geleistet hat. Er hat sich intensiv mit der heiklen und schwierigen Frage des Urheberrechts beschäftigt; er hat einen Autorenclub und eine Autorenzeitung gegründet; und er hat mit ausgeprägter Selbstlosigkeit viel wertvolle Zeit und Mühe dem allgemeinen Wohlergehen des Handwerks gewidmet. Er hat sich energisch für die staatliche Anerkennung der Autorenschaft eingesetzt und sie in seiner eigenen Person erhalten. *Korpsgeist* ist in seiner Art eine hervorragende Sache. Ob es gut ist, zu viel davon in einer Gruppe von Männern zu haben, die die Macht der Presse weitgehend in ihren eigenen Händen halten, während ihnen gleichzeitig die Öffentlichkeitsarbeit ein Dorn im Auge ist, ist vielleicht eine offene Frage. Doch an Sir Walter Besants Zielstrebigkeit bei dieser freiwilligen Arbeit besteht kein Zweifel. Wenn man bedenkt, wie beliebt er in der Öffentlichkeit ist und wie viel Geld er für seine Arbeit verlangen kann, ist es offensichtlich, dass er in seinem Streben nach seinem Ideal Zeit investiert hat, die ihm mehrere Tausend Pfund wert gewesen wäre. Er hat sich in jeder Hinsicht bemüht, der Literatur Ehre zu erweisen , und die Wertschätzung, die ihm entgegengebracht wird, ist eine gerechte Bezahlung für hohe Ziele und selbstlose Arbeit .

XI.
FRÄULEIN MARIE CORELLI

In einem für diese Serie bestimmten und unter dem Namen dieser Dame veröffentlichten Artikel (ein Artikel, der jetzt unterdrückt wurde und deshalb neu geschrieben werden muss) unterlief mir ein Fehler, den anscheinend mehrere Kritiker teilten, die sich mit ihrem damals neuesten Buch „The Sorrows of Satan" beschäftigten: Ich nahm an, Miss Corelli habe ihr eigenes Porträt, so wie sie die Dinge sieht, in der Rolle der „Mavis Clare" gezeichnet. Diese Annahme wurde – so stellt sich heraus – auch von anderen Leuten geäußert, und ich erfahre, dass Miss Corelli sie entschieden zurückgewiesen hat. „Sie widerspricht einer ihrer angesehensten Interviewerinnen entschieden", so sagt ein inspirierter Verteidiger, „und bestreitet entschieden die Behauptung, sie habe sich in ‚The Sorrows of Satan' selbst als ‚Mavis Clare' bezeichnet." Natürlich kennt Miss Corelli die Wahrheit in dieser Angelegenheit, und niemand sonst kann sie kennen, aber es ist zumindest zulässig, die Beweise zu prüfen, die viele verschiedene Leute zu derselben falschen Schlussfolgerung geführt haben. „Mavis Clare" und Marie Corelli haben dieselben Initialen, und bis Miss Corelli selbst klarstellte, dass dies bloß ein glücklicher Zufall war, schien die Annahme naheliegend, dass hier verschämt auf eine Identität hingewiesen wurde. „Mavis Clare" ist Romanautorin, und Miss Corelli ist das auch. „Mavis Clare" ist *zierlich* und blond, „ist hübsch und weiß sich außerdem zu kleiden", ist „außerdem ein äußerst unabhängiges Wesen, dem Meinungen völlig gleichgültig sind". All diese Dinge treffen, wie wir aus vielen Quellen erfahren, auch auf Miss Corelli zu. Von Miss Corelli selbst wird gesagt, dass „unerschrockener Mut, ein klarer Kopf und die enorme Fähigkeit, hart zu arbeiten, ohne sich zu verletzen, ihr geholfen haben, ihre große Gabe erfolgreich einzusetzen. Sie hat vor nichts Angst. Sie „besteht auf sich selbst" und ist einzigartig". Es ist anzumerken, dass all dies Miss Corelli über „Mavis Clare" sagt. Miss Corelli liegt mit den Rezensenten im Streit. Das ist auch mit „Mavis Clare" so. Miss Corellis Bücher werden zu Tausenden verbreitet. Das gilt auch für „Mavis Clare". „Mavis Clare" ist der Meinung von außen gegenüber völlig gleichgültig. Das gilt auch für Miss Corelli. Tatsächlich würde jeder, der Miss Corelli für eine Frau von erstaunlichem Genie hielte und einen ehrlichen Bericht über sie schreiben würde, sie genau so beschreiben, wie Miss Corelli „Mavis Clare" beschrieben hat.

Tatsächlich gibt es einen Punkt, bis zu dem „Mavis Clare" und Miss Corelli nicht voneinander zu trennen sind. In jeder Beschreibung der einen finden sich eine Menge Dinge, die zweifellos auch auf die andere zutreffen. Aber wenn Miss Corelli in den hier zitierten Worten über „Mavis Clare" schreibt, beginnen wir zu erkennen, dass sie empört ist und sein muss über die

Annahme, dass sie immer noch über sich selbst schreibt: „Sie ist zu beliebt, um Kritiken zu brauchen. Außerdem sind viele Kritiker – vor allem die „Log-Roller" – wegen ihres Erfolgs wütend auf sie, und das Publikum weiß das. Klarheit des Denkens, brillanter Stil, schöne Diktion – all das ist ihr eigen, vereint mit vollendeter Leichtigkeit des Ausdrucks und künstlerischem Geschick. Die mächtige, unwiderstehliche, unbezahlbare Qualität des Genies. Sie schrieb, was sie zu sagen hatte, mit anmutigem Charme, Freiheit und einem angeborenen Bewusstsein ihrer Stärke. Sie erlangte Ruhm ohne die Hilfe von Geld und wurde so strahlend und sichtbar vor der Welt gekrönt, dass sie über jede Kritik erhaben war."

Aber ist es nicht durchaus möglich, dass Miss Corelli zunächst mit der Idee begann, sich selbst darzustellen, diese Idee dann aber verwarf und sich zu wenig Mühe gab, Ähnlichkeiten zu verwischen? Selbst hier liegt sie zu nah an der Wahrheit, um der verleumderischen Annahme zu entgehen, sie schreibe über sich selbst. Sie *ist* zu populär, um Kritiken zu brauchen. Sie liegt mit den Kritikern im Krieg, und sie hat einen sehr großen Teil der Öffentlichkeit zu der Überzeugung gebracht, dass „einige der Kritiker – vor allem die ‚Log-Roller' – wegen ihres Erfolgs wütend auf sie sind."

Würde ich, der Autor dieser Zeilen, eine fiktive Figur erfinden, ihm als Initialen die Buchstaben DCM geben, ihn als plump und stämmig mit einem wirren grauen Haarschopf beschreiben, ihn zu einem Romanautor, Bohemien und Wanderer machen und ihn dann als genialen Mann und erstaunlich feinen Kerl darstellen, müsste ich damit rechnen, dass man mir eine schwere Unverschämtheit vorwerfen würde. Wenn ich ehrlich sagen könnte, dass mir die Ähnlichkeiten nie aufgefallen wären und dass die ungeheuerliche Eitelkeit des Bildes eine rein eingebildete Sache sei, würde ich natürlich wünschen, dass man mir glaubt, und ich würde es natürlich verdienen, dass man mir glaubt. Aber ich würde auf Zweifel stoßen, und ich wäre nicht geneigt, mich darüber zu wundern. Wenn ich über irgendjemanden verärgert wäre, wäre ich über mich selbst verärgert, weil ich der Bösartigkeit der Welt so einen Stich versetzt habe.

Selbst wenn man Miss Corellis Dementis akzeptiert, muss man zu der Schlussfolgerung gelangen, dass sie eine schwerwiegende Indiskretion begangen hat.

In „The Murder of Delicia" lernen wir eine andere Schriftstellerin kennen, die sich der gleichen Popularität erfreut wie Miss Corelli und „Mavis Clare", die das Genie, die Augen, die Statur und das Haar beider besitzt. „Als Schriftstellerin unterschied sie sich deutlich von der Masse der modernen Romanautoren." „Das Publikum reagierte auf ihre Stimme und verlangte nach ihrer Arbeit, und als natürliche Folge davon waren alle ehrgeizigen und aufstrebenden Verleger ihre demütigsten Bittsteller. Was auch immer sich

Autoren in ihren wildesten Vorstellungen von einem literarischen El Dorado
erträumten, sie standen ihr zur Verfügung; und doch war sie weder eitel noch
gierig ." Man dankt Gott fromm, dass sie dennoch weder eitel noch gierig
war ; aber man kann nicht verhindern, dass einem das Wasser im Mund
zusammenläuft. Ach! diese wildesten Vorstellungen von einem literarischen
El Dorado! „Delicia" bekommt 8.000 Pfund für ein Buch. Darf vorsichtig
darauf hingewiesen werden, dass dieser Betrag nur annähernd die
Einnahmen einer lebenden Schriftstellerin umfasst, und dass der Name
dieser Schriftstellerin ———— ist? Wilde Pferde werden diese Feder nicht
weiter ziehen.

Miss Corelli beklagt sich in einem Vorwort zu diesem neuen Werk, dass
„jeder kleine Lump der Presse, der eine Zeitungsecke bekommt, in der er
sich zum bequemen Steinewerfen verstecken kann", jede „geniale Frau" mit
dem Wort „geschlechtslos" bewirft. Ehrlich gesagt, ich kann mich nicht
erinnern, dass dieser Vorwurf gegen Mrs. Browning, George Eliot, Mrs.
Cowden Clarke, Charlotte Brontë, Maria Edgeworth oder Mrs. Hemans
erhoben wurde. Miss Corelli erzählt uns, dass die Frau, die „jeden Abend fast
nackt vor den Augen der Männer steht" und „zu viel Wein und Brandy
trinkt", diesem Vorwurf nicht ausgesetzt ist, während eine andere Frau, „die
es vorzieht, ihre weibliche Sittsamkeit zu wahren und ein großes Kunstwerk
zu schaffen, das so gut oder sogar besser sein soll als alles, was ein Mann
vollbringen kann, sofort als ‚geschlechtslos' bezeichnet wird". Wo hat Miss
Corelli die Gesellschaft gefunden, auf die diese erstaunlichen Dinge
zutreffen? Kennt sie sonst noch jemand? Und wo sind die besseren
Kunstwerke aus Frauenhand, als Männer schaffen können? „Aurora Leigh"
und die „Portugiesischen Sonette" stehen an der Spitze weiblicher
Errungenschaften, und Shakespeare wird nicht entthront. Und hier ist eine
Perle des gesunden Menschenverstands: „Um es ganz offen und deutlich zu
sagen, eine große Mehrheit der Männer der heutigen Zeit möchte, dass
Frauen sie behalten." Das ist Miss Corelli in ihrer eigenen Person in ihrem
Vorwort, und „um es ganz offen und deutlich zu sagen", die Aussage ist nicht
wahr, oder annähernd wahr, oder auch nur in Rufweite der Wahrheit. Und
was ist mit den „Personen von hohem Ansehen, die es immer seltsam
erniedrigend finden, ihre Händler zu bezahlen"? Sind sie gewöhnlicher als
Personen von hohem Ansehen, die ihre Rechnungen bezahlen? Sind sie
genauso gewöhnlich? Miss Corelli räumt alles ab. Sie ist wütend, weil manche
Leute sie nicht ernst nehmen, aber während ihre Seiten mit solchen Dingen
belastet sind, kann sie niemandem außer sich selbst die Schuld geben. Sie
brennt darauf, eine Sozialreformerin zu sein. Es wäre ungerecht, ihre
Leidenschaft zu leugnen . Doch wenn sie die Geschichte eines mittellosen
Edelmannes erzählt, der vom Geld seiner Frau lebt und ihr das Herz bricht,
und uns versichert, dass es „täglich Tausende solcher Fälle" gebe, macht sie
ihre eigene Predigt mit einem einzigen ungezügelten Unsinn zunichte: „Es

gibt solche Männer, leider, und sie sind das ehrliche Spiel des Gesellschaftssatirikers. Es hat dumme Leute gegeben, die dachten, dass Frauen durch künstlerische Arbeit ihr Geschlecht entmannten, aber die meisten von ihnen sind schon vor vielen Jahren gestorben. Es gibt Männer, die reiche Frauen heiraten und ein faules Leben führen wollen, aber sie stellen „keine große Mehrheit" dar. Miss Corelli weiß das natürlich, denn es ist der Welt bekannt; doch sie lässt den Eifer mit dem Urteilsvermögen durchgehen. Die Regeln der Satire sind die Regeln für Irish Stew. Sie dürfen den Pfefferstreuer nicht *leeren* , und der Topf sollte nur leicht brodeln. Die gewinnbringende Verurteilung einer bösen Welt ist ebenso vernünftig wie das Rösten von Eiern.

Aber Miss Corelli hat das Publikum schwer getroffen, und der Autor dieser Zeilen hat sich die Aufgabe gestellt, soweit es seine Macht zulässt, herauszufinden, warum und wie sie das getan hat. Miss Corellis Kraft ist hysterisch, aber manchmal auch sehr real. Eine selbstgefällige Hysterie kann unter bestimmten Bedingungen großartige Dinge bewirken. Sie war die treibende Kraft in einigen Werken, die die Welt zu Recht als großartig anerkannt hat. Bei der Ausführung bestimmter Formen emotionaler Kunst ist sie ein absolutes Muss. Unter ihrem Einfluss sind viele echte Gedichte entstanden. Sie ist eine Art spiritueller Wind, der, wenn er durch die Harfensaiten der Seele rauscht, außergewöhnliche Musik machen kann. Aber die erzeugten Klänge hängen nicht von dem Impuls ab, der dem Instrument vermittelt wird, sondern von der Qualität und dem Zustand des Instruments selbst. Ohne den Impuls kann ein großer und vielseitiger Geist ruhig liegen. Mit dem Impuls kann ein kleiner und verwirrter Geist einen sehr beachtlichen Klang erzeugen. In den erhabensten Höhenflügen des Genies erkennen wir eine Art herrlichen Wahnsinns. Alle Leser haben es im letzten herrlichen Vers von „ Adonaïs " gefunden. Bei Keats offenbart es sich in der wilden *Naivität* der Frage: „Muse meines Heimatlandes, bin ich inspiriert?" Die Fähigkeit der Allergrößten unter den Großen liegt in der Existenz dieses Gefühlsausbruchs, der den intellektuellen Kräften strikt untergeordnet ist. Ohne ihn zu sein, schließt Größe aus; sich völlig seinem Einfluss zu unterwerfen, heißt verrückt zu sein. Miss Corelli erlebt den Gefühlsausbruch mit großer Kraft, aber unglücklicherweise für ihr Werk und für sie selbst ist das Machtgefühl, das er einflößt, nicht mit der intellektuellen Stärke vereinbar, die für seine Beherrschung unabdingbar ist.

Miss Corelli hat sich frei in den Bereich spiritueller Dinge gewagt und sich mit esoterischen Mysterien beschäftigt, wobei sie mehr Kühnheit als Wissen an den Tag legte. Die breite Leserschaft weiß wenig über diese Themen, da sie in der Regel von Autoren behandelt werden, deren Werke zu abstrus sind, um das breite Publikum zu erreichen. Erst wenn sie von Autoren phantasievoller Fiktion behandelt werden, werden sie allgemein bekannt. In

„Die Leiden des Satans" hat sich Miss Corelli einen Ruf der Originalität erworben, indem sie eine Theorie vorstellte, die älter ist als viele Berge. Sie ist seit Jahrhunderten ein tief verwurzelter religiöser Glaube, steht jedoch völlig im Widerspruch zu den theologischen Ideen, die in unseren Kirchen und Kapellen gelehrt werden, und hat daher für den durchschnittlichen Kirchgänger und Kapellengänger einen erschreckend seltsamen Anschein.

In den Vorlesungen von Herrn CG Harrison über „Das transzendentale Universum" kommt diese Theorie folgendermaßen zum Ausdruck: „Im Allgemeinen wird angenommen, dass Satan der Feind der Spiritualität des Menschen ist; dass er sich an seiner Erniedrigung erfreut und mit diabolischer Genugtuung die Entwicklung seiner niederen Natur und all ihre bösen Folgen betrachtet. Die weite und fast universelle Verbreitung dieses mittelalterlichen Aberglaubens macht es nur umso notwendiger, dagegen als grotesken Irrtum zu protestieren … Es käme der Wahrheit wahrscheinlich viel näher, zu sagen, dass die Erniedrigung und das Leiden der Menschheit, für die der Widersacher Gottes verantwortlich ist, ihm keine Genugtuung verschaffen, sondern ihn mit einem Gefühl des Versagens quälen und seine Verzweiflung am endgültigen Sieg vertiefen."

Dies ist natürlich die Grundidee von „Die Leiden des Satans", und wenn das Thema mit Zurückhaltung und Würde behandelt worden wäre, hätte zweifellos ein sehr edles Buch darauf aufbauen können. Aber Miss Corelli hat nicht die Kraft gehabt, sich auf die Grenzen der strengen und erhabenen Konzeption der alten Theosophen zu beschränken. Ihr trauriger Satan wird zuerst melodramatisch und dann absurd. Die Vorstellung, dass der große traurige Widersacher der allmächtigen Güte in einem modernen Londoner Hotel mit einem eigenen Privatkoch und einem eigenen privaten Bad untergebracht ist, führt den Leser von der ursprünglichen Konzeption weg in die Burleske – vulgäre und eklatante – der Mysterienspiele des Mittelalters; und die Hingabe übernatürlicher Macht an die Vorbereitungen für eine Vorstadtgartenparty ist einfach nur lächerlich. Miss Corelli hat den theosophischen Gedanken aufgegriffen, der an sich weit edler und poetischer ist als der Miltonsche, aber sie war nicht stark genug, ihn anzuwenden. Sie ist der Last des von ihr gewählten Themas erlegen und das Ergebnis ist, dass ihr dämonischer Held einmal als majestätischer und leidender Geist und ein anderes Mal als bloßer lustiger Andrew dargestellt wird.

Das Merkwürdige und Lehrreiche an all dem ist, dass, wenn Miss Corelli mit der Gabe der Selbstkritik begabt gewesen wäre, ihr Eifer gedämpft worden wäre und jede Arbeit, die sie geleistet hätte, entsprechend darunter gelitten hätte. Ihre Arbeit hat das Publikum schwer getroffen, und zwar deshalb, weil ihre Inspiration dieser Art echt war. Der Wind bläst nicht durch die Saiten eines wohlgeordneten Instruments, aber *er bläst*, und wie grotesk der dabei erzeugte Klang manchmal auch sein mag, er ist von einer Art, die nicht durch einen bloßen Mechanismus des Geistes hervorgebracht werden kann. Für das kritische Ohr sind und können die Melodien in „Wermut" und „Die Leiden des Satans" nicht angenehm sein. Der Autor ist, um es in einfachem Englisch und ohne die Unklarheit der Symbole zu sagen, auf der emotionalen Seite ein Genie, und besitzt auf der intellektuellen Seite kein Genie oder irgendetwas, das ihm auch nur annähernd nahekommt, selbst aus der Ferne. Das Ergebnis dieses Missverhältnisses zwischen Impuls und Kraft ist für den kritischen Geist verheerend; aber der normale Leser spürt es nicht so. Es ist für ihn eher ungewöhnlich, in Büchern mit einer wirklichen Kraft in Berührung zu kommen. Er hat nicht genug gelesen oder nachgedacht, um zu wissen, dass die Ideen, die ihm mit solch transzendentaler Pracht präsentiert werden, alt und alltäglich sind. Es genügt ihm, zu spüren, dass die Autorin sich selbst als Persönlichkeit versteht.

Es gelingt ihr, sich dem Publikum aufzudrängen, weil sie zuerst von ihrer eigenen Autorität überzeugt wurde. Ihre innere Überzeugung von der Autorität ihrer eigenen Botschaft und ihrer eigenen Fähigkeit, sie zu übermitteln, ist das einzige Merkmal, das sie von der Masse der schreibenden Damen unterscheidet. Selbst wenn sie sich mit rein sozialen Themen befasst, liegt derselbe Ausdruck überwältigender Ernsthaftigkeit auf ihrer Stirn. In einer kleinen Kleinigkeit, die im November 1896 veröffentlicht und „Jane" betitelt wurde, macht sie sich mit geradezu prophetischem Eifer an die Arbeit , um eine Geschichte zu erzählen, die fast identisch ist mit der in einem Stück von Thackerays „Cox' Tagebuch" erzählten Geschichte. Der Leser findet die Geschichte im zweiten Kapitel dieses kurzen Werks, das mit „Erste Flucht" überschrieben ist. Thackeray erzählt seine Version mit einem Sinn für Spaß und Humor . Miss Corelli erzählt ihre mit der Stimme und dem Gebaren einer Boanerges. Nichts ist ohne göttliche Inspiration zu tun, und zwar in Hülle und Fülle. Der Temperamentsunterschied zwischen dem Satiriker und dem Nörgler wird durch eine ausführliche und eine kleine Behandlung desselben Themas gut illustriert.

Der Punkt, auf den es sich zu betonen lohnt , ist dieser: Die Masse der Leserschaft ist immer bereit, sich dem Einfluss der Aufrichtigkeit zu unterwerfen. Es scheint nicht sehr wichtig zu sein, welche inneren Eigenschaften diese Aufrichtigkeit haben mag. In dem Fall, den wir jetzt analysieren, scheint sich diese Eigenschaft in reines Selbstvertrauen aufzulösen. Miss Corellis Methode, die öffentliche Meinung zu gewinnen, ist kein Trick, den irgendjemand nachahmen könnte. Sie ist das Ergebnis einer echten, wenn auch gefährlichen Gabe der Natur – einer Gabe, die sie in einem unübertroffenen Ausmaß besitzt. Niemand könnte eine solche Gabe vortäuschen und kraft dieser Vortäuschung Erfolg haben . Miss Corelli ist zumindest ganz ernsthaft davon überzeugt, dass sie eine geniale Frau ist. Sie wird nur ganz leicht von Zweifeln berührt, wenn sie denkt, dass die Leute, die über sie lachen, sich vor Neid winden. Sie spricht daher mit genau jener Autorität, auf die sie ein Recht hätte, wenn ihre Vorstellungen hinsichtlich ihrer eigenen geistigen Fähigkeiten auf soliden Fakten beruhten.

Bis hierhin sind wir zu kaum mehr als der seit langem bestehenden Wahrheit gelangt, dass der gedankenlose Teil der Öffentlichkeit sich nicht nur nach einem moralischen Führer sehnt, sondern auch bereit ist, jeden zu akzeptieren, der sich seiner Autorität bewusst ist. Es wäre gut, wenn wir Miss Corelli hier belassen könnten, aber es bleibt noch etwas zu sagen, was nicht gerade angenehm ist. In „The Sorrows of Satan“ sind viele Seiten der bitteren (und verdienten) Beschimpfung bestimmter Schriftstellerinnen gewidmet, die das sexuelle Problem grob behandeln. Aber Miss Corelli scheint zu glauben, dass sie so offen und unfreundlich sein kann, wie sie will, solange sie sich einer moralischen Absicht bewusst ist. Was auch immer sie empfinden mag und welche ehrenwerten Absichten sie auch leiten mögen, sie hat viele Dinge veröffentlicht, die mit ihrer Verurteilung ihrer Schriftstellerkolleginnen einhergehen und so anstößig sind wie alles, was man im Werk einer lebenden Frau finden kann. Nehmen wir als einziges Beispiel die folgende Passage:

„Ich fand bald heraus, dass Lucio nicht die Absicht hatte zu heiraten, und ich kam zu dem Schluss, dass er es vorzog, der Liebhaber vieler Frauen zu sein, statt der Ehemann einer einzigen. Meine Liebe zu ihm schwand deswegen nicht; ich beschloss nur, dass ich zumindest einer von denen sein wollte, die glücklich genug waren, seine Leidenschaft zu teilen. Ich heiratete Tempest, weil ich das Gefühl hatte, dass ich, wie viele Frauen, die ich kannte, nach einer sicheren Ehe mehr Handlungsfreiheit haben würde. Mir war bewusst, dass die meisten modernen Männer eine Affäre mit einer verheirateten Frau jeder anderen Art von *Verbindung vorziehen* , und ich dachte, Lucio hätte dem Plan, den ich im Voraus ausgeheckt hatte, bereitwillig nachgegeben.“

Mir ist in keinem der von Miss Corelli so heftig angegriffenen Werke eine Stelle bekannt, die darüber hinausgeht, und ich halte sie umso mehr und nicht weniger für verwerflich, weil die Autorin so deutlich erkennt, wie sündhaft ihr Vergehen ist, wenn es von anderen begangen wird.

XII.
DIE AMERIKANER

Ich nehme an, dass es nicht bestritten werden kann, dass der Ruhm der Literatur einer Nation in der Tatsache liegt, dass sie national ist – dass sie wahrhaftig den Geist und das Leben der Menschen widerspiegelt, die sie betrifft, von denen sie geschrieben wurde und denen sie gehört. Es wird auch nicht bestritten, dass dieser letzte Glanz noch nicht über die Literatur Amerikas hereingebrochen ist. Der fröhliche und belebende Optimismus Emersons ist eine Gabe, die kaum einem Menschen in einem alten Land zuteil werden konnte. Er gehört zu einem Land und einer Zeit grenzenloser Bestrebungen und unermüdlicher Jugend, und aufgrund dieser Begabung gehört Emerson zu den typischsten Amerikanern. In den Bereichen der Belletristik, mit denen wir uns allein auf diesen Seiten befassen, waren die Amerikaner (bis vor wenigen Jahren) in Geist und Methode eindeutig englisch, selbst wenn sie sich mit Themen aus ihrer eigenen Umgebung beschäftigten. Nirgendwo auf der Welt gibt es ein anderes Feld für den geborenen Forscher der menschlichen Natur, und es gab es bis jetzt nicht, und es wird es wahrscheinlich auch nie wieder geben, wie es die Vereinigten Staaten derzeit bieten. Die Welt hat noch nie eine so enge Mischung rassischer Elemente gesehen wie dort. Ein Blick in das Zeitungsverzeichnis zeigt die Vielfalt und das Ausmaß der ausländischen Elemente, die zwar schnell absorbiert werden, aber noch unverdaut sind. Hunderte und Aberhunderte von Zeitschriften kümmern sich um die täglichen und wöchentlichen Bedürfnisse der Deutschen, Franzosen, Italiener, Norweger, Schweden, Russen und Ungarn. Es gibt polnische Zeitungen, und armenische, hebräische, ersische und gälische. Das verschlafene alte Spanien verkehrt Seite an Seite mit den eifrigen und tatkräftigen Rassen von Maine, New York und Massachusetts. Das Negerelement ist überall und die Chinesen verleihen der *Olla podrida* ihre eigene Note . Bisher hat noch kein amerikanischer Romanautor Amerika im Großen und Ganzen gesehen. Teile davon wurden mit bewundernswerter Kunst dargestellt; aber noch wartet der Kontinent auf seinen Dickens, seinen Balzac, seinen Shakespeare oder seinen Zola.

Mr. Bret Harte hat sich Kalifornien zu eigen gemacht, aber es ist nicht das Kalifornien von heute. „Verschwunden ist dieses Lager und all sein Feuer verpufft", aber das alte Leben lebt noch auf einigen Seiten weiter und wird noch lange Leser finden. Er hat uns vielleicht drei der besten Kurzgeschichten der Welt geschenkt, und ein Mann, der so viel geleistet hat, hat ein Recht auf Dankbarkeit und Wohlwollen. Möglicherweise hat es nie einen Schriftsteller gegeben, der der Welt so früh alle wesentlichen Elemente seiner Kunst gegeben hat und dennoch so lange im Rennen um Popularität überlebt hat. Bret Hartes erstes Buch war so etwas wie eine Offenbarung. In seiner Kunstfertigkeit erinnert er den Leser an Dickens, aber seine Umgebung war völlig neuartig und ebenso entzückend wie fremdartig. Er bezauberte die ganze Leserwelt mit „The Luck of Roaring Camp" und „The Outcasts of Poker Flat", und seit jenen Tagen hat er mit unermüdlicher Lebhaftigkeit weitergemacht, immer wieder dieselben Geschichten erzählt, uns dieselben Szenen und dieselben Leute gezeigt, wobei er sich der Tatsache der Wiederholung scheinbar nicht bewusst ist, was wirklich erstaunlich ist. Die staubroten Straßen und die duftenden Kiefernhaine kehren in Geschichte um Geschichte wieder, und Colonel Starbottle und Jack Folinsbee wirken wie Unsterbliche. Der Vagabund mit der melodischen Stimme, der etwas Tugendhaftes tat und trällernd in die Nacht hinausging, lebt auf neuen wie auf alten Seiten weiter und trotzt der Ermüdung. Übernatürlich mörderische Spieler mit einem quixotischen Auge für die Ehre , heilige Schurken mit übermenschlicher Pracht der Zuneigung und Loyalität, die sich im letzten Absatz ihrer Geschichte offenbart, tauchen auf seinen Seiten mit unverändertem Aussehen immer wieder auf. Dort findet man die seltsamste Mischung aus Abgestandenheit und Frische. Seit er uns zum ersten Mal erfreute , hat er sich kaum einmal die Mühe gemacht, eine neue Geschichte, einen neuen Charaktertyp oder ein neues Feld für seine beschreibenden Fähigkeiten zu finden. Er nahm die spanische Mission in sein Repertoire auf und hat sie seitdem so abgedroschen gemacht wie alles andere. Und doch bleibt diese Besonderheit an ihm – seine neuesten Geschichten sind fast so gut wie seine ersten. Es scheint, als sei sein Interesse nicht erloschen, als seien die frühen Eindrücke, die ihn zum Schreiben trieben, in seinem Kopf noch klar und dringlich. Er gehört zu den einzigartigsten modernen literarischen Phänomenen. Die Begeisterung, mit der er so viele Jahre lang dieselbe Geschichte erzählt hat, zeichnet ihn aus. Es ist, als sei er bis zum Alter von, sagen wir, dreißig Jahren mit einer brillanten Beobachtungsgabe begabt gewesen und hätte dann plötzlich aufgehört, überhaupt zu beobachten. Es scheint eine Zeit gekommen zu sein, in der seine Spieluhr keine Melodien mehr enthielt, und seitdem wiederholt er immer wieder die alten. Das Seltsame liegt nicht so sehr in der Wiederholung, sondern in der Freude und Spontaneität, die der Grinder ausstrahlt. Er ist zumindest nicht müde, und für Leser, die von der Hand in den Mund leben und keine Erinnerungen haben, gibt es keinen Grund, warum er jemals müde werden sollte.

Mr. Henry James ist ein Gentleman, der sich etwas mehr Kultur angeeignet hat, als seinem Charakter gut tut . Gewiss ist er ein Mann mit vielen Errungenschaften und beträchtlicher angeborener Begabung, aber er gerät unter der Last seiner eigenen Vorzüge ins Wanken. Diese Schwäche ist an sich weit verbreitet, aber nicht in Verbindung mit solchen Fähigkeiten wie denen von Mr. James. Er ist dem Durchschnittsmenschen weit überlegen, aber er macht sein Wissen darüber nur zu deutlich. Es ist ein wenig schwer zu verstehen, warum sich eine so ehrwürdige Person überhaupt die Mühe zum Schreiben macht, aber der Leser kann sich vorstellen, dass er sich nicht so viel Mühe geben würde, wenn ihn nicht das zwingende Gefühl seiner eigenen hohen Verdienste treiben würde. Er findet, es wäre eine Schande, wenn ein solcher Mann verschwendet würde. Ich kann nicht sagen, dass ich jemals etwas davon erhalten habe; von ihm keine umfassende Aufklärung über die Funktionsweise dieses komplexen Organs, des menschlichen Herzens, aber ich bin mir ganz sicher, dass Mr. James alles darüber weiß und viele Dinge zeigen könnte, wenn sein Interesse nur genug wäre, sich anzustrengen. *Er ist der Apostel einer wohlerzogenen Langeweile. Er weiß alles über die Gesellschaft und Nippes* und Bilder *und* Musik und Naturlandschaften und fremde Städte, und wenn er für irgendetwas Irdisches auch nur ein bisschen Interesse empfinden könnte, könnte er charmant sein. Aber sein lustloses, unbeschwertes Auftreten – *die* Erschöpfung seiner Gentleman-Begabung – provoziert und langweilt. Er ist wie jemand, der ein Gähnen unterdrückt, um eine Geschichte zu erzählen. Er ist eine Mischung aus echter Kraft und angeborener Prüderie, und seine Fehler sind umso ärgerlicher, weil sie die Tugenden verdunkeln und verderben. Er ist groß genug, um es besser zu wissen.

Es ist durchaus wahrscheinlich, dass sich die Tatsache, dass Mr. James in den Vereinigten Staaten aufgewachsen ist, für ihn als Nachteil erwiesen hat. Dem robusteren Typus des Literaten, dem Dickens- oder Kipling-Typus, kann man sich nichts Besseres wünschen, als in diesem brodelnden Topf voller Dinge geboren zu werden. Aber Mr. James' übertriebene geistige Verfeinerung hat genau den Anstoß erhalten, den sie am wenigsten benötigte. Er hat eine humorvolle Verachtung vulgärer Gefühle entwickelt, teilweise weil er sie an sich so reichhaltig fand. Die Figuren, die Bret Harte durch einen Nebel der Romantik sieht, sind für ihn im Wesentlichen grob. Der Gedanke an Mr. James in Verbindung mit Tennessee und Partner an einem Tisch mit Schwein, Pfannkuchen und 40 Ruten weckt ein verwirrendes Mitleid in seinem Geist. Eine Stunde Colonel Starbottle würde ihn eine Woche lang beschmutzen. Er ist nicht für einen solchen Kontakt geschaffen. Es ist sowohl merkwürdig als auch lehrreich zu beobachten, wie die allzu kultivierte Sensibilität eines genialen Mannes ihn für die größte Wahrheit im menschlichen Leben um ihn herum blind gemacht hat. Geboren in dem einzigen Land, in dem Romantik noch immer ein ständiger Faktor im Leben der Menschen ist, hält er Romantik für tot. Mit Geschichten, die der eines großen Schriftstellers würdig sind, die sich überall abspielen, ist er der erste, der den Grundsatz erläutert, dass es die Aufgabe eines Geschichtenerzählers ist, keine Geschichte zu haben. Die Vision des Lakens, das vom Himmel zu Petrus herabgelassen wurde, war seiner Ansicht nach vergebens, aber die Geschichte dieses Traums birgt eine ewige Wahrheit für den wahren

Künstler. Mr. James ist nicht der einzige Mann, dessen am besten gepflegter und am meisten geschätzter Teil sich als zerstörerisch erwiesen hat. Mit etwas mehr Kraft hätte er all seine Delikatessen behalten und wäre ein Mann gewesen, für den man Gott danken muss. So wie es ist, ist er das Opfer einer intellektuellen Stutzerhaftigkeit.

Mr. WD Howells hat etwas mit Mr. James gemeinsam, aber er ist aus härterem Holz geschnitzt – nicht weniger im Wesentlichen ein Gentleman, wie seine Bücher zeigen, sondern vielmehr im Wesentlichen ein Mann. Er hat einen unerschütterlichen Mut und hatte nie Angst vor seiner eigenen Meinung. Seine Erklärung, dass „alle Geschichten erzählt wurden", ist einer der Schlüssel zu seiner Methode als Romanautor. Ein fiktionales Werk ist etwas, das es ihm ermöglicht, den Einfluss von Charakter auf Charakter zu zeigen, mit modifizierenden Auswirkungen von Umgebung und Umständen. Sein Stil ist sauber und nüchtern, und seine Methode ist ausnahmslos würdevoll. Er hat absichtlich zugelassen, dass seine kritischen Vorurteile ihn von jeder Chance auf Größe ausschließen, aber innerhalb seiner selbst gesetzten Grenzen bewegt er sich mit einer gewissen gelassenen Meisterschaft, und seine Details sind äußerst genau.

Miss Mary Wilkins, eine sehr viel jüngere Schriftstellerin als die drei hier behandelten, erinnert einen englischen Leser sowohl an George Eliot als auch an Miss Mitford. „Pembroke" ist das beste und vollständigste ihrer Bücher. Was den reinen literarischen Charme angeht, wäre es schwierig, ihr Werk zu ändern, aber die vermittelte Charakterandeutung ist sicherlich zu säuerlich. Eine solche Gruppe sturer, eigensinniger und unbequemer Menschen, wie sie auf diesen Seiten versammelt sind, kann kaum in einem einzigen Dorf irgendwo auf der Welt gelebt haben. Sie sind mit einem Anschein von Wahrheit gezeichnet, dem man nicht leicht widerstehen kann, aber wenn sie wirklich so genau studiert sind, wie sie zu sein scheinen, muss Pembroke ein Ort sein, den man meiden sollte. Es ist denkbar, dass die Mitglieder einer solchen Ansammlung einander gegenüber weniger unerträglich sind, als sie dem ausländischen Außenstehenden erscheinen, aber die lindernde Wirkung des Umgangs muss in der Tat stark sein, um ein Zusammenleben mit ihnen erträglich zu machen. Zum größten Teil werden sie als wohlmeinende Leute dargestellt; aber sie sind auf eine unerträgliche Art individuell, überall wund, begierig darauf, an ihren empfindlichsten Stellen verletzt zu werden, und unversöhnlich gegenüber der Person, die ihnen wehtut. In Pembroke plagt jeden ein schmerzhafter Egoismus. Jedes Wesen in dem Buch reagiert überempfindlich auf Kränkungen und Missverständnisse, und jedes Wesen ist ungeschickt und sorglos, wenn es darum geht, Schmerzen zuzufügen. Es ist eine Studie über egozentrischen Egoismus. Leute, die Gelegenheit haben, das Dorfleben in den Oststaaten kennenzulernen, bezeichnen das Buch als ein Meisterwerk der Beobachtung.

Bret Harte, der eine heute ausgestorbene Lebensform studiert, die einst (mit gewissen Zugeständnissen an die romantische Tendenz) im Westen florierte; Mr. Howells, der mikrografische Studien des heutigen Lebens im großen Zentrum der amerikanischen Kultur anstellt; Mr. James, der mit einer klugen, müden *Persiflage* das Gesicht der Gesellschaft in kultivierten kosmopolitischen Kreisen streift; und Miss Wilkins, die die bitteren Launen des östlichen Bauerntölpels beobachtet – keiner von ihnen ist in Gefühl oder Ausdruck eindeutig amerikanisch. Mr. Samuel L. Clemens – auch Mark Twain – steht in auffallendem Kontrast zu ihnen allen. Er ist kein Künstler in dem Sinne, in dem die anderen Künstler sind, aber er ist unvergleichlich der markanteste und individuellste zeitgenössische amerikanische Schriftsteller. Er begann als bloßer professioneller Spaßmacher und hat mit dem Spaßmachen noch nicht aufgehört, aber er hat sich im Laufe der Jahre zu einem rauen und schlagfertigen Philosophen entwickelt und zwei Bücher geschrieben, die auf ihre eigene Weise einzigartig sind. Tom Sawyer und Huck Finn sind die beiden besten Jungs in der gesamten breiten Palette der Belletristik, die natürlichsten, authentischsten und überzeugendsten. Sie gehören zu ihrer eigenen Erde und hätten nirgendwo anders geboren und aufgewachsen sein können, aber sie sind auf lokaler Ebene nicht wahrer als auf universeller Ebene. Mark Twain kann eloquent sein, wenn ihm danach ist, aber das Mittel, das er verwendet, ist das einfachste und schlichteste amerikanische Englisch. Er denkt wie ein Amerikaner, fühlt wie ein Amerikaner, ist amerikanisches Blut und Knochen, amerikanisches Herz und amerikanischer Verstand. Er ist kein Vertreter der Kultur, aber mehr als jeder andere Mann seiner Zeit, Walt Whitman ausgenommen, bringt er die reine, furchtlose, männliche Seite einer großen Demokratie zum Ausdruck. Im Großen und Ganzen ist die Art und Weise, wie er sie zur Schau stellt, bewundernswert, ja sogar liebenswert. Sie empfindet keine Ehrfurcht vor Dingen, die an sich nicht ehrwürdig sind, und da ihr Standpunkt nicht der ist, von dem aus alle Dinge sichtbar sind, erscheint sie gelegentlich übertrieben und grob. aber der darin zum Ausdruck gebrachte Glaube ist männlich, rein und gesund, und der Mann, der danach lebt, ist ein Mann, den man bewundern sollte. Der Standpunkt kann im Laufe der Zeit höher werden und der Horizont des Betrachters sich erweitern. Die Beschränkungen des Geistes, der den gegenwärtigen Standpunkt einnimmt, können in „Ein Yankee am Hofe von König Artus" nachgelesen werden. Abgesehen von seiner Ethik ist das Buch ein Fehler, denn ein Scherz, der auf zwanzig Seiten bis zur Langeweile hätte ausgearbeitet werden können, wird so gedehnt, dass er sich über einen dicken Band ausbreitet, und zerbricht unter dieser Spannung in Stücke.

Der große Krieg zwischen Nord und Süd war für mehr literarisches Schaffen verantwortlich als jede andere Kampagne zu irgendeinem Zeitpunkt, und er lieferte erst kürzlich den Grundstein für den Roman „Die rote

Tapferkeitsauszeichnung" von Stephen Crane, der zweifellos das wahrste Bild dieser Art ist, das die Welt je gesehen hat. Es schien zunächst unmöglich zu glauben, dass es von jemand anderem als einem Veteranen geschrieben worden war. Es stellte sich heraus, dass der Autor ein ziemlich junger Mann ist und dass er alles durch Lesen und Hörensagen zusammengetragen hat. Auch hier ist die Methode national und charakteristisch. Nach all diesen Jahren der natürlichen Unterwerfung unter den britischen Einfluss werden amerikanische Schriftsteller auf ihrem eigenen Boden immer mutiger.

XIII.
DIE JUNGEN ROMANTIKER

In dem kombinierten Buch zum Buchstabieren und Lesen, das vor über vierzig Jahren in den Schulen verwendet wurde, war eine Geschichte mit folgendem Inhalt abgedruckt: Einige Araber hatten ein Kamel verloren und trafen auf ihrer Suche nach ihm einen Derwisch, den sie befragten. Der Derwisch antwortete, indem er seinerseits Fragen stellte. „War Ihr Kamel auf einem Fuß lahm?", begann er. „Ja", sagten die Besitzer. „War es auf einem Auge blind?", fuhr er fort. „Ja", sagten die Besitzer wieder. „Hatte es einen Vorderzahn verloren?" „Ja." „War es auf der einen Seite mit Getreide und auf der anderen mit Honig beladen?" „Ja, ja, ja. Das ist unser Kamel. Wo haben Sie es gesehen?" Der Derwisch antwortete: „Ich habe es nie gesehen." Die Araber verdächtigten den Derwisch nicht ohne ersichtlichen Grund, mit ihnen zu spielen, und wollten ihn gerade züchtigen, als der heilige Mann um Gehör bat. Nachdem er es erreicht hatte, erklärte er. Er hatte die Spur des Kamels gesehen. Er hatte gewusst, dass das Tier auf einem Fuß lahm war, weil dieser Fuß im Staub der Straße einen schwächeren Abdruck hinterließ als die anderen. Er hatte gefolgert, dass es auf einem Auge blind war, weil es nur auf einer Seite der Straße das Gras abgefressen hatte. Er wusste, dass es einen Zahn verloren hatte, weil in der Mitte seines Bisses eine Lücke zurückgeblieben war. Bienen und Fliegen sprachen auf der einen Seite des Tiers von Honig und Ameisen, die Weizenkörner trugen, sprachen auf der anderen von Weizen. Dieser aufmerksame und synthetisch denkende Derwisch hieß nicht Sherlock Holmes, aber er besaß die Methode dieses berühmten Detektivs und nahm in gewissem Sinne die Handlung all der Geschichten vorweg, die Dr. Conan Doyle so treffend über ihn erzählt hat. Die vielleicht besten Geschichten der Welt, deren Interesse auf dieser Art der Induktion beruht, stammen von Edgar Allan Poe. „Der Goldkäfer", „Der Mord in der Rue Morgue" und „Der gestohlene Brief" wurden von keinem späteren Schriftsteller übertroffen oder auch nur erreicht ; aber Dr. Doyle kommt an hervorragender Stelle an zweiter Stelle, und wenn er auch nicht wirklich mit Poe in der Konstruktion und Entwicklung einer einzigen Geschichte konkurrieren konnte, so ist er ihm selbst da dicht auf den Fersen und hat ihn in der anhaltenden Genialität der fortlaufenden Erfindung übertroffen; die Geschichte von „Das gesprenkelte Band" hat einen fast ebenso grausigen und furchtbaren Beigeschmack wie Poes „Schwarze Katze", und in der ganzen cleveren Serie zeigt sich ein ungewöhnliches Talent für dramatisches Erzählen. Die Sherlock-Holmes-Geschichten sind tatsächlich bei weitem nicht Dr. Doyles bestes Werk, aber ihnen verdankt er hauptsächlich seine Popularität. Sie sprachen die Vorstellungskraft des Durchschnittslesers an, und ihre Popularität wird sie wahrscheinlich noch lange in der Öffentlichkeit verankern. Um Dr. Doyles Stellung als Autor einzuschätzen, muss man ihm in „The Refugees", in „The White Company" und in „Rodney Stone" begegnen. In jedem dieser Bücher wird eine solide und gewissenhafte Recherchemethode sowie eine Fähigkeit zur dramatischen Erfindung deutlich; und in Kombination mit diesen ist ein Stil von ungekünstelter Männlichkeit, Einfachheit und Stärke, der den Studenten zugleich zufriedenstellt und die Masse der Leute anzieht, die sich damit zufrieden geben, von solchen Qualitäten begeistert zu sein, ohne zu wissen oder zu fragen, warum. Die Arbeit , die in „The White Company" investiert wurde, kann sehr gut mit der verglichen werden, die Charles Reade für „The Cloister and the H earth" aufwendete. Es deckt einen weitaus geringeren Bereich ab als dieser monumentale Roman, und es hat nicht (und strebt auch nicht danach) dessen Universalität in der Stimmung, aber derselbe Wunsch nach Genauigkeit, dieselbe Ordnung der Gelehrsamkeit, derselbe Fleiß, derselbe Sinn für gewissenhafte Ehre in Angelegenheiten feststellbarer Tatsachen sind zu beachten und, wenn man sie beachtet, sind sie uneingeschränkter Bewunderung würdig. Es ist vielleicht eine offene Frage, ob Dr. Doyle in seinem neuesten Buch nicht der Zeit, in der eine Geschichte zu einem solchen Thema mit völliger Sicherheit geschrieben werden konnte, ein wenig vorausgeeilt ist. „Rodney Stone" ist eine Geschichte über den Preisring und die Glücksspiel-, Trink- und etwas brutalen Tage, in denen diese Institution florierte. Viele von uns (ich habe dies schon 20 Mal öffentlich bekannt) bedauern die Abschaffung des Rings aus Gründen der öffentlichen Ordnung. Wir argumentieren, dass der Mensch ein kämpfendes Tier ist und dass es in den Tagen des Rings einen anerkannten Regelkodex gab, der sein Verhalten in Zeiten regelte, in denen der Kampfinstinkt nicht unter Kontrolle gehalten werden durfte. Wir beobachten, dass unsere Bürger heute im Streit das Messer verwenden , und wir bedauern den Tod jenes rauen Ehrenprinzips , das sich einst den schlimmsten Rowdys aufdrängte. Aber es besteht wenig Zweifel daran, dass die Stimmung der Gesellschaft im Großen und Ganzen gegen uns ist, und aus diesem Grund bin ich am Erfolg von Dr. Doyles letztem literarischen Unterfangen zweifelhaft. Die Geschichte hat das Zeug zur Romantik und wird gut genutzt. Es gibt darin Episoden von großer Spannung; bemerkenswert unter diesen ist das Rennen auf der Godstone Road, das mit einem Schwung und einer Leidenschaft durchgeführt wird, die man kaum überschätzen kann. In der Schilderung des Kampfes und der ihm vorangegangenen Ereignisse wird das Gefühl der Zeit bewundernswert gewahrt und das Interesse des Lesers mit unerschütterlicher Spannung aufrechterhalten. Aber der Siegerring ist noch ein wenig zu nahe, um einwandfreien Stoff für eine Romanze zu bieten; und Leute, die mit unerschütterlichem Magen vom blutrünstigen Umslopogaas und seinen halb komischen Massenmorden lesen können oder ein ruhiges historisches Vergnügen an den Chroniken von Neros Exzentrizitäten empfinden, werden „Rodney Stone" anstößig finden, weil darin ein „Knöchelkampf" beschrieben wird und weil in London immer noch gelegentlich ein „Knöchelkampf" anzettelt und noch seltener von der Polizei unterdrückt wird.

Aber Dr. Conan Doyles letztes Werk bedarf einer ernsthafteren Kritik. Sie wird respektvoll und mit aller Bewunderung für die bereits erwähnten hohen Qualitäten vorgetragen. Bei der Wiederverkörperung eines vergangenen Zeitalters in der Literatur müssen drei separate und besondere Fähigkeiten eingesetzt werden. Die erste ist die Fähigkeit zur Recherche, die ihre Energie nicht nur auf das vorliegende Thema, sondern auf das Zeitalter als Ganzes richten muss. Die zweite ist die Fähigkeit zur Vorstellungskraft und zum Mitgefühl, die allein die trockenen Knochen der Sozialgeschichte wieder zum Leben erwecken kann. Die dritte ist die Fähigkeit zur Selbstunterdrückung, die Kraft, alles wegzuwerfen, was, wie mühsam es auch erworben wurde, dramatisch unwesentlich ist. Zwei dieser Fähigkeiten gehören in großzügigem Maße zu Dr. Conan Doyle. Die dritte, die für den vollständigen Erfolg ebenso notwendig ist, hat er noch nicht gezeigt. In „Rodney Stone" wurde versucht, diesen Mangel durch die Form, in der die Geschichte gestaltet wurde, und durch die Wahl ihres Titels zu vertuschen. Aber wenn man das Buch liest, ist es nicht die Geschichte von Rodney Stone (der ein bloßer Außenseiter ist, der das Privileg hat, zu erzählen), sondern der Kampf seines vornehmen Onkels mit Sir Lothian Hume, wobei der Ring, in dem ihre jeweiligen Champions auftreten, als Schlachtfeld dient. Viele Seiten sind vollgestopft mit Leuten, die nur beiläufig erwähnt und vergessen werden. Sie haben keinen Einfluss auf die Erzählung und keinen Platz darin. Ihre Anwesenheit zeugt zweifellos von einer Kenntnis der Zeit und ihrer Chroniken, aber sie sind nur so viele Hindernisse für den klaren Verlauf der Geschichte, und nicht mehr. Dies ist der Hauptfehler des Buches, aber es ist ein schwerwiegender Fehler, und der Autor muss lernen, viele mühsam erworbene Wissensstücke „wie Müll ins Leere zu werfen", wenn er den Platz einnehmen will, den ihm seine Kräfte und sein Fleiß gleichermaßen zusprechen. Ein Altertumsforscher zu sein, ist eine Sache, und ein Antiquar-Romanautor zu sein, eine andere. Dr. Doyle hat versucht, auf denselben Seiten beides zu sein. Eine gute Analogie hierzu bietet die Bühne, wo es den Statisten zu keinem Zeitpunkt der Handlung gestattet ist, die Hauptdarsteller zu verdecken.

Mr. Stanley Weyman, der Dr. Doyle in anderen Dingen nicht ebenbürtig ist, ist in dieser einzigen Hinsicht sein Meister. Er hält seinen Helden auf der Bühne und seine Handlung in vollem Gange. Er lässt keine Anzeichen einer profunden oder fleißigen Kenntnis seiner Zeit erkennen, aber er kennt sie ziemlich gut. Mr. Doyles Methode ist im Grunde die wahrere, wenn die detaillierte Arbeit erst einmal verborgen ist, aber wenn sie ihre eigene Maschinerie entblößt , verliert sie den größten Teil ihres Nutzens. Mr.

Weyman erzählt eine rasselnde Geschichte auf rasselnde Weise. Er ist im guten alten Stil der unbeschwerten Romanze, in der Mut und Abenteuer nie versagen. Er hat das Reich von D'Artagnan und Aramis, von Porthos und Athos gewählt, und er hat jede Menge Lebhaftigkeit und kann brillante Erfindungen auf der Grundlage der Linien erfinden, auf denen der tapfere Dumas lange vor ihm erfand. Er ist ein fröhliches und inspirierendes Echo. Er kann das mächtige Horn, das die Älteren bliesen, nicht blasen, aber er kann es aus der Ferne ziemlich gut nachahmen. Nur wenn dieser krasser Kritiker daherkommt und uns erzählt, dass der alte, ursprüngliche Jäger der Romantik wieder da ist, bereitet uns seine Musik alles andere als Vergnügen. Ich für meinen Teil hoffe, dass er lange florieren und uns so oft wie möglich Geschichten liefern wird, die so gut sind wie „Ein Gentleman aus Frankreich". Mein „Bravo!" soll so bereitwillig sein wie das eines jeden Mannes und genauso herzlich. Warum – um das gerade verwendete Gleichnis zu ändern –, wenn ein Mann seine Beine in einer gemütlichen *Auberge ausruht* und den ehrlichen, leichten Wein des Landes trinkt (der nicht vorgibt, besser zu sein, als er ist), sollte der dämliche Enthusiast ihm die Freude verderben, indem er schwört, dass er im verzauberten Palast von Sir Walter sitzt und den mächtigen Wein vor sich hat, den Sir Walter in Flaschen abgefüllt hat? Der Enthusiast reizt den Zorn. Es ist eine sehr gute *Auberge* – es ist ein hervorragendes, gemütliches Gasthaus, und wir würden gerne oft dort sitzen. Und der Wein – wir fanden nichts an dem Wein auszusetzen. Es ist ein ehrliches Fassbier, gesund und schmackhaft, und es ist die Gesundheit des Wirts darin. Aber der magische Jahrgang? Mist!

Mr. Anthony Hope hatte das Glück, das Publikum in zwei Stilen zu erfreuen. In dem einen *Genre* hat er zweifellos ein großes Können gezeigt, das hier und da für manche Geschmäcker durch einen nicht sehr ausgeprägten Anschein von Arroganz getrübt wurde, und in dem anderen hat er uns in die angenehmsten Regionen ungezügelter Romantik geführt, in denen englische Leser so manchen Tag umherwandern durften. Er hat genau den Ton der schlichten Aufrichtigkeit getroffen, in dem seine späteren Geschichten erzählt werden sollen. Als Beispiel für die Anpassung der literarischen Methode an die Erfordernisse der Erzählung wäre es nicht leicht, etwas Besseres zu finden. Es ist ein wenig überraschend, dass die triviale Geschichte und der triviale Stil von „Mr. De Witts Witwe" aus der Hand stammen, die uns die Geschichten der Prinzessin Osra schenkte und das Königreich Ruritania schuf. Die eine Art von Werk ist klug und pfiffig und bewusst – eher prätentiös – weltmännisch. Die andere ist groß und einfach, süß und leichtgläubig. Mit seinen letzten Seiten hat Mr. Hope einer müden und erschöpften Zeit den Atem einer reinen und harmlosen Fantasie eingehaucht und sich für diese Wohltat deren Dank verdient.

Es hat sich gezeigt, dass die Kunst der Belletristik, wie sie heute praktiziert wird , fast alle bekannten Formen der Romantik umfasst, und dass man von keiner Schule behaupten kann, sie habe ihren eigenen Weg und schließe eine andere aus. Es hat sich auch gezeigt, dass wir, obwohl wir uns nicht in einer Zeit herausragender Größe befinden, eines erstaunlichen Fleißes und einer erstaunlichen Fruchtbarkeit rühmen können. Die Produktion literarischer Werke war noch nie so groß, und der Durchschnitt an Exzellenz war noch nie so gleichmäßig oder so hoch. Es hat sich gezeigt – und es wird in neuen Fällen zwei- oder dreimal im Jahr gezeigt –, dass literarisches Talent keineswegs das Ungewöhnliche und Halbwunder ist, für das man es einst hielt.

Genies sind so selten wie eh und je und werden es wahrscheinlich auch bleiben, aber Talente vervielfachen ihre Erscheinungen in voller Übereinstimmung mit den Regeln der Ökonomie. Kein Zeitalter ließ sich je so häufig wie unseres von der Kunst des Romanschriftstellers unterhalten oder besänftigen. Die Erlaubnis hat die Tür für eine große Zahl fähiger, fleißiger und handwerklicher Männer und Frauen geöffnet, die ihr Geschäft der Unterhaltung gut gelernt haben. Für die überwiegende Mehrheit von uns ist Literatur ebenso ein Gewerbe wie jedes der anerkannten Gewerbe in Holborn oder Cheapside, und abgesehen von einer anhaltenden Sentimentalität gibt es keinen Grund, warum man diese Tatsache nicht zugeben sollte. Es ist keine Schande, ehrliche Handwerksarbeit gegen Bezahlung zu verrichten, und wenn die Arbeit so ausgezeichnet ist, wie es mindestens zwanzig lebende englische Schriftsteller schaffen können, haben wir ein Recht, ein wenig stolz darauf zu sein. Aber mit der heutigen Zeitung vor mir erfahre ich, dass Mr. ————, der die dünne Nachahmung eines guten Imitators ist, sein letztes „Meisterwerk" übertroffen hat, und dass eine mir unbekannte Dame von Namen mit seinem Meisterwerk „konkurriert" hat, und dass ein mir unbekannter Herr ein Buch geschrieben hat, das zwangsläufig ein „Klassiker" sein muss. Ein Meisterwerk ist eine seltene Sache, und Worte haben eine bestimmte Bedeutung. Wir nennen „Vanity Fair" und „Esmond" Meisterwerke, wenn wir enthusiastisch sein wollen. Wir nennen „David Copperfield" ein Meisterwerk, und wir finden viele Leute, die dieses Urteil anfechten. Ein Meisterwerk ist das Meisterwerk einer Meisterhand. Es muss zwangsläufig eine seltene Sache sein. Es ist nicht der Würde unserer Arbeit zuliebe, dass sie mit dieser Art von hysterischem Schlucken begrüßt werden sollte, gegen das diese Seiten protestiert haben. Es ist eine schamlose Beleidigung der breiten Öffentlichkeit, wenn die Hysterie gekauft und bezahlt wird, wie es manchmal vorkommt, und nicht weniger beleidigend, wenn der Herr, der die Axt schleift, von dem anderen Herrn, der den Holzscheit rollt, in gleicher Weise bezahlt wird .

Und nun ist geschehen, was geschehen ist, und ich verlasse meine Aufgabe
mit einigem Unbehagen. Auch wenn ich hier und da Schmerzen verursacht
habe, habe ich kein Wort aus Bosheit geschrieben. Das Schönste an meiner
Arbeit war die Tatsache, dass ich trotz meines Wunsches, ehrlich zu sein, so
oft zum Loben gezwungen war.